Le cordonnier de la rue triste

Robert Sabatier
de l'académie Goncourt

Le cordonnier de la rue triste

ROMAN

Albin Michel

IL A ÉTÉ TIRÉ DE CET OUVRAGE

Vingt-cinq exemplaires
sur vergé blanc chiffon, filigrané, de Hollande,
dont quinze exemplaires numérotés de 1 *à* 15
et dix exemplaires, hors commerce, numérotés de I *à* X

À tel artisan qui fut mon ami.

R.S.

Un

Avant de pénétrer dans l'univers que je propose, d'ouvrir grand les portes de ma narration, de présenter des personnages qui seront les vôtres, il me paraît convenant de situer les lieux de leur aventure.

Tout d'abord une rue, l'artère autour de laquelle s'organise la vie de tout un corps. Elle se situe à Paris, à la limite des 14e et 15e arrondissements de cette cité. Son nom ? Il revêt peu d'intérêt n'étant pas celui de quelque personnage important : savant, artiste de génie, homme politique ou un de ces traîneurs de sabre qui ont la plus grande part dans cette distribution urbaine de la gloire.

Son nom est celui d'un personnage bien oublié : un propriétaire terrien de ces quelques ares, oublié à ce point que les plaques indicatrices à l'un et l'autre bout de la rue se sont effacées comme si la pudeur autant que le temps avait joué son rôle. Les gens du quartier l'ont qualifiée de « traversière », puis ce fut « la rue grise », enfin « la rue triste », terme qui semble le mieux lui convenir.

La plupart des immeubles étaient étriqués. Ils se serraient à la manière de grands vieillards maigres, ridés, informes, se protégeant contre le froid, contre la mort.

Cette artère étroite, inutile de la traverser car deux rues parallèles, aux vitrines attrayantes, aux immeubles récents, permettaient de se rendre vers l'avenue d'un côté, vers la place de l'autre. Cependant, la rue vivait, comme refermée sur elle-même, existait par ses habitants, souvent des gens âgés, petits retraités ou miséreux qui cachaient leur dénuement derrière un sourire peu définissable, acceptation de leur sort, amabilité naturelle, politesse envers l'autre imaginé plus malheureux que soi-même ? Nous rencontrerons certains d'entre eux au cours de ces pages, nous en délaisserons d'autres. J'oubliais : petite singularité de la rue triste, le second et dernier étage d'un immeuble où les volets sont peints en rouge. Parfois, un mince rayon de soleil s'y attarde et l'on croit voir du sang.

Au numéro 5, sans doute le lieu le plus vivant, encore qu'il reste discret : une devanture de bois sale avec un fronton où se lisent ces mots BOIS ET CHARBON, plus bas à droite, une boîte verticale dans laquelle sont enfermés les volets de bois dès qu'ils sont repliés. Clouée sur ce panneau, une inscription sur une ardoise à la craie : *La maison ne fait plus le charbon.* Quand elle s'efface, les mots sont retracés avec minutie. L'auteur de ces lignes est Mme Gustave. Depuis la mort de son mari quatre ans plus tôt, en 1938 (indication qui me permet de donner la date à laquelle commence ce récit), depuis cette fin donc, plus de livraison de coke, de boulets ou d'anthracite, une tentative de poursuivre ce commerce ayant échoué. Le charbon, il est vrai, en ces années aussi noires que lui, est devenu une denrée rare. Reste le seul commerce possible, encore qu'il soit difficile, le comptoir recouvert de zinc où Mme Gustave sert des consommations. Si en ce lieu tout est gris et sale, seul le zinc brille, entretenu sans cesse par la bistrotière au moyen de pâte à sabre et d'huile de coude.

Son client le plus assidu est un personnage clé de ce que j'hésite à appeler un roman. Il voue à Mme Gustave une vénération. Avant de le décrire, nous pouvons l'écouter.

Appuyé au zinc, avec devant lui un verre de blanc gommé, il admire la dame qui essuie des verres. Et il parle. Il cherche des compliments, il en trouve. Il est sincère mais par pudeur atténue ses propos en les ponctuant de petits rires, de bafouillements, parfois de bégaiements. Et l'on écoute ses madrigaux de comptoir :

– Madame Gustave, vous êtes belle. Belle comme… une pomme, une pomme aux joues rouges qui brille dans le soleil…

– Et puis quoi encore ? demande Mme Gustave en haussant les épaules.

– Et vos yeux bleus. Ils rient parce qu'ils ont beaucoup pleuré. Ils rient parce que le temps…

– Et tu oublies de dire comme les autres que je suis une grosse dondon !

– Oui, toute ronde, ronde comme la terre, la lune, le soleil. Madame Gustave, vous êtes à vous seule tout le ciel…

– Et toi maigre comme un clou, un clou rouillé et tordu. Même en frappant à coups de marteau, il ne s'enfoncerait pas.

– Y a du vrai… N'empêche que… Et puis vous êtes… vous êtes… Je ne sais plus ce que je dis.

L'homme regarde Mme Gustave avec tant de tendresse qu'elle cache sa gêne derrière une petite toux. Alors, il prend sa casquette pliée dans la poche de son bourgeron, la visse sur sa tête, la retire pour saluer, la remet. Au moment de sortir, Mme Gustave lui dit :

– Pour la gamelle de monsieur Marc, repasse vers midi.

– Ainsi soit-il ! dit le bonhomme.

Ayant entendu ce personnage, il nous faut bien compléter sa description. Comme à regret, il rejoignit ce qu'il appelait sa remise. Au numéro 13 *bis*, au fond d'une cour, un baraquement de bois. Là, celui qui se disait brocanteur parce que cela lui semblait plus noble que chiffonnier entreposait tout ce qu'il pouvait découvrir au hasard de ses pérégrinations. En faire l'inventaire demanderait des pages. Il suffit de penser ferraille, vaisselle cassée, instruments hors d'usage, amas de linge, pièces détachées de véhicules. La collecte devenait de plus en plus difficile comme si les gens, en temps de crise, avaient décidé de garder tout ce qu'ils possédaient, y compris les choses inutiles.

Cet homme qui se prénommait Paul et qu'on appelait Paulo aurait pu être qualifié de noms peu usités aujourd'hui (j'ai commencé cette narration fin 2008), comme escogriffe parce que grand et mal fait, zigoto, c'est-à-dire aimant faire l'intéressant, énergumène, celui qui gesticule avec véhémence, loustic ou amoureux des bonnes farces et autres canulars. Il y a de cela quelques siècles, il aurait été un grand pendard, à l'époque 1900 un sosie de Valentin le Désossé. Ce que pourrait retenir de son visage l'amateur des anciens illustrés comme *L'Épatant*, et qu'on appelle aujourd'hui bandes dessinées, c'est une ressemblance avec les trois héros des *Pieds-Nickelés* réunis dans un même visage : long nez de Croquignol, barbe de Ribouldingue et bandeau à carré noir sur son œil mort comme Filochard. Autre point commun, Paulo avant le temps de la mobilisation, en 1939, avait fait quelques jours de prison pour vol à l'étalage.

Loin était le temps où il parcourait les rues en criant le célèbre « Habits, chiffons, ferraille à vendre ! ». Il n'achetait plus, il vendait peu : parfois une vieille paire de lunettes, une roue de bicyclette ou quelque pièce de machine à coudre. Il en était ainsi venu à pratiquer les petits métiers.

Une énorme sacoche à l'épaule, il parcourt les rues, entre dans les boutiques, grimpe les étages et propose des services qui vont de la petite plomberie au lavage des vitres et à toutes sortes de réparations. Il arrive ainsi à subsister, à se contenter de peu et à préserver son sens de la rigolade et de la farce.

Ainsi, ce matin-là, Paulo finit par décrocher un débouchage d'évier et un nettoyage de vitres. Sa sacoche contenait tous les outils et ingrédients nécessaires à ses travaux. Il revint à la rue triste qui s'égaya d'une chanson sifflée dont il avait oublié les paroles.

Il adressa quelques signes à des gens qui se tenaient aux fenêtres, caressa la tête d'un enfant et pénétra aux BOIS ET CHARBON où il n'y avait plus ni bois ni charbon.

Mme Gustave servait des cafés ou plutôt ce qui en tenait lieu : un succédané à base de chicorée et de glands de chênes torréfiés. Un flacon d'eau saccharinée servait de sucre. On oubliait que c'était mauvais parce que, au moins, c'était chaud : on avançait vers décembre et il faisait frisquet.

– Ah ! dit Mme Gustave, la gamelle de *monsieur* Marc !

Elle insistait sur le « monsieur » avec une certaine déférence. Elle ajouta :

– Dépêche-toi avant que ça refroidisse. C'est du ragoût.

Le ton était à ce point persuasif que Paulo en oublia le madrigal qu'il avait préparé.

– Si c'est comme ça..., dit-il. Salut la compagnie. Bon vent et que le bon Dieu vous accompagne !

Les trottoirs de la rue triste étaient à ce point étroits qu'on marchait au milieu de la chaussée sur d'anciens pavés au dos arrondi et cernés par des touffes d'herbe et de mousse verte.

Tandis que le long Paulo se pressait pour porter sa pitance à ce monsieur Marc, nous faisons un bond en arrière pour présenter ce personnage qui revêt quelque importance dans ce récit.

Au 17 de la rue se trouvait sa boutique ou plutôt son échoppe, comme il disait. Marc (oublions le « monsieur ») était né là, dans l'arrière-boutique de cette cordonnerie comme l'indiquait une inscription soigneusement peinte sur la porte : MARC CORDONNIER et qui aurait pu laisser croire que « Cordonnier » était le nom de famille autant que la profession.

À ce travail, Marc n'avait pas tout à fait été destiné. Sa mère était morte alors qu'il avait quatre ans. Son père qui se prénommait Marc lui aussi l'avait élevé et chéri. Pour ce petit Marc, le père nourrissait de hautes ambitions. Bien qu'il aimât ce métier de cordonnier, il souhaitait que son fils fît des études afin de devenir quelqu'un d'important : un instituteur ou un professeur, peut-être un fonctionnaire ou un médecin.

Dès la maternelle, puis l'école, Marc junior montra de belles dispositions. Ses livrets mensuels firent l'orgueil de son père. Il réussit l'examen du certificat d'études primaires (le « certif » avec la mention « très bien »). Puis ce furent trois belles années lycéennes. Enfin se produisit le drame : le cordonnier mourut d'une embolie, la boutique fut close mais le jeune Marc continua à vivre dans l'arrière-boutique. Ayant quitté les études, il trouva un petit emploi chez un ami de son père, comme lui cordonnier, à l'ouest de Paris dans une rue donnant sur l'avenue de Versailles. Là, il fit son apprentissage assez rapidement car, par l'observation enfantine du métier de son père, il en connaissait les rudiments.

Le soir dans l'arrière-boutique de l'échoppe paternelle, il poursuivait tant bien que mal des études en désordre, sans l'espoir d'obtenir quelque diplôme, mais y découvrant une sorte de joie indéfinissable. La curiosité le guidait. Il voyageait d'un livre à l'autre selon ses trouvailles, d'une discipline à l'autre sans jamais se lasser, dans la jubilation d'une éducation sauvage.

Son autre plaisir consistait à courir tel un marathonien entre sa modeste demeure et l'atelier de l'ami de son père. Il dédaignait les moyens de transport, toujours courant, zigzaguant parmi la foule. Il chronométrait comme un coureur de fond, tentait d'aller de plus en plus vite, à longues enjambées, mesurant son souffle, allongeant ses foulées, traversant le sud de Paris comme un éclair, rêvant parfois qu'il s'envolait tel un oiseau et traversait le ciel. Les passants regardaient ce grand garçon, beau et blond comme un archange, les cheveux au vent, qui semblait fuir ou rejoindre quelque lieu mystérieux. Et le jour arriva où il quitta son patron et se sentit prêt pour une nouvelle carrière.

Tout m'étant permis, avant de compléter le début de l'histoire de Marc le cordonnier, d'en dire les inattendus, nous retrouvons, vous lecteurs et lectrices et moi chroniqueur, Paulo, sa gamelle destinée à Marc à la main, s'échappant de chez la belle et ronde Mme Gustave. Pour quelles raisons faisait-il ainsi le commissionnaire ? Nous le saurons bientôt. Il n'avait que quelques mètres à parcourir. Au beau milieu de la rue un faux pas le jeta sur les pavés. Il resta un instant étourdi, finit par s'asseoir et regarda la gamelle qui s'était vidée et vers laquelle déjà un chien se ruait pour manger les morceaux de viande épars. Ses genoux étaient douloureux. Il s'assit et, comme il le faisait toujours devant les mauvais coups du sort, il se mit à rire, un rire qui se répandit sur son visage, de son long nez aux poils noirs de sa courte barbe. Il murmura : « Je viens de ramasser une gamelle », argot qui le rassurait, puis il ajouta : « Et j'en ai perdu une autre. » Il regarda le cabot qui se régalait et des pigeons qui piquaient du bec les haricots. « Pas perdu pour tout le monde… » Dans son imagination, le chien devint un chacal et les pigeons des vautours.

Cependant, des gens qui se tenaient aux fenêtres descendirent des étages, ceux-là mêmes qui, entre eux, appelaient l'infortuné Paulo « décroche-bananes » ou « grand dépendeur d'andouilles », à moins que ce ne soit « Coco Bel-Œil ». Un petit garçon ramassa sa casquette et la lui tendit. Il ajusta le bandeau de son cache-œil noir. Deux dames d'âge l'aidèrent à se relever. Un jeune garçon lui tendit la gamelle vide. Quelqu'un demanda : « Rien de cassé ? » Et lui transformait son rire en un large sourire, celui du bonheur. Il multiplia les remerciements, baisa la main de la dame la plus proche, et retourna chez Mme Gustave. Que dirait-elle ? Il chercha en vain une phrase aimable et flatteuse. Il pensa qu'elle remplirait de nouveau la gamelle ou, à défaut de frichti, trouverait bien quelque chose pour alimenter Marc qu'elle aimait bien.

Pourquoi Paulo se faisait-il le coursier de Marc le cordonnier ? Nous avons fait un retour en arrière, le temps d'un modeste suspense, nous en ferons un autre, plus avant dans le temps en retrouvant quelques mois plus tôt le héros de notre histoire Marc, le beau Marc, Marc qui voulait courir plus vite que le vent, Marc le cordonnier.

Deux

Un soir, entre l'été finissant et l'arrivée du bel automne, Marc, qui avait fini le travail chez l'ami de son père, selon son habitude quittait un arrondissement pour un autre, à l'ouest, en courant puisque c'était là un bonheur, la source de souvenirs qui l'accompagneraient sa vie durant.

La rue triste, celle où les gens marchaient lentement, se saluaient sans toujours bien se connaître, la rue modeste où l'on ne voyait jamais personne d'autre que ses habitants, la rue calme en cette période où l'on subissait les outrages d'une guerre perdue semblait se situer hors du temps, comme si le monde bruyant à ses alentours l'avait oubliée. Jamais un militaire allemand ne l'avait parcourue. Certes, on avait subi des affres, comme les restrictions, l'absence de lumière la nuit, le couvre-feu, les mauvaises nouvelles diffusées par les vieux postes de TSF, mais les habitants, pour la plupart fort pauvres, connaissaient depuis longtemps les malheurs des démunis et recevaient les choses de la vie avec leur petite philosophie populaire qui pouvait se résumer aux paroles d'une chanson : « Si ça va pas tantôt, ça ira mieux demain ! »

Et Marc courait vers ces lieux déshérités et qu'il aimait. Son temps d'apprentissage terminé, il imaginait sa future vie d'artisan de quartier avec bonheur. Certes, la boutique était fermée et l'arrière-salle minuscule faisait office de lieu où dormir, de cuisine et même de salle de bains puisqu'il se lavait à l'eau froide de la pierre à évier, mais il remettrait tout à neuf, aménagerait l'atelier et la cave où l'on pouvait descendre par une trappe et ce serait son palais.

En somme, il se préparait à vivre le bonheur des simples, ses mains sachant travailler la matière, cuir ou caoutchouc, sa tête pleine du désir d'apprendre par les livres, peut-être un jour voyagerait-il non seulement à travers les musées et les bibliothèques, mais aussi dans une verte campagne qu'il devinait accueillante à sa course. Et puis, il y avait les êtres qu'il imaginait, tous fraternels et aptes à dépasser toutes les mésententes. Et s'il rencontrait une jeune fille, et si, plus tard…

Rue de Vaugirard, rue de la Convention, il voulait courir aussi vite que les rares automobiles, que les vélos-taxis, que les bicyclettes avec leur plaque d'immatriculation jaune à l'arrière.

Pouvait-il se douter que le simple fait de courir suscitait chez les autres la méfiance en un temps où le moindre fait inhabituel portait à soupçon ? Un agent de police, les bras écartés, lui barra la route. Il en profita pour reprendre son souffle. Et il entendit :

– Pourquoi tu cours ? Tu as volé quelque chose ? Tu vas me suivre au poste.

Marc rit et répondit :

– Je cours pour courir. Je n'ai jamais volé personne. Essayez de me rattraper !

Il passa sur le côté et reprit son envolée. Il entendit des coups de sifflet. Il se souvint qu'étant enfant, son père l'avait emmené à un stade qu'on appelait « la Cipale ». Là il avait vu courir à longues foulées le grand Ladoumègue, le meilleur coureur français. Il allait si vite que ses pieds ne semblaient pas toucher le sol. Et voilà que lui, Marc le cordonnier, s'envolait sur ses traces. Jamais aucun sergent de ville ne pourrait le distancer !

L'existence est ainsi faite qu'il suffit de quelques secondes pour transformer un destin. Le coureur, qui s'efforçait de ne pas bousculer les passants, voyait à peine les immeubles. Le trottoir fuyait sous ses pas en sens inverse. S'il levait les yeux, il ne regardait un instant que le ciel. Le soleil jetait ses dernières clartés avant la fin de la nuit.

Puis tout s'éteignit.

Comme il traversait la rue, tout à son envolée, une camionnette brisa son corps et le jeta à plusieurs mètres.

Si l'on n'a pas éprouvé soi-même les effets d'une telle tragédie, à moins de posséder ou d'être possédé par le génie, il est impossible d'en décrire les effets. Le corps subit la destruction, l'esprit, plus tard, tentera de résister. Il y faut le temps, celui qui ne guérit pas, mais parfois apaise. Pour Marc, Marc le cordonnier, Marc le coureur qui dévorait l'espace avec ses longues jambes, ce fut le long, le fort long espace d'un coma et d'une délivrance plus durable encore.

Passons sur les formalités : le constat, l'enquête, les témoignages, l'absolution du camionneur qui roulait à une vitesse raisonnable mais ne put éviter ce jeune homme qui semblait se jeter contre son véhicule comme pour un suicide.

Nous voyons un corps étendu, pantin désarticulé, inerte, les passants arrêtés, les badauds, les curieux, les policiers, ceux qui sont émus, effrayés ou rassurés d'être dans la position verticale.

Et soudain, l'arrivée d'une religieuse qui écarte les gens, les mains jointes, les bras tendus puis écartés comme ceux d'un nageur de brasse. Ainsi, elle fend la foule avec une détermination et une énergie peu compatibles avec les formes strictes et la coiffe blanche de sa vêture de bonne sœur.

Elle s'agenouille près du corps étendu, pose son oreille sur la poitrine, écarte les cheveux du front, pousse un soupir et dit à une femme proche qui se signait :

– Vous pouvez prier pour sa guérison : il n'est pas mort !

On entendait des « Oh ! » et des « Ah ! » comme s'ils exprimaient le soulagement ou le doute, la stupéfaction et même, peut-être, chez certains une déception.

Lorsque arrive une ambulance, que des infirmiers déploient une civière, la religieuse les accompagne. Elle annonce : « J'appartiens au corps médical ! », ce qui est un demi-mensonge pieux car elle n'en est qu'au début de ses études. Elle grimpe dans le véhicule et tout le long du voyage jusqu'à l'hôpital tient la main de Marc. Ses lèvres bougent : elle prie.

Plus tard, Marc est étendu sur un lit, tel un oiseau aux ailes brisées. Il vit encore, il survivra. Les médecins écartent la bonne sœur. L'un d'eux la remercie et lui dit qu'elle peut partir. Elle s'enquiert de l'identité de Marc. Il a sur lui une carte d'identité, des fiches de paie. Elle annonce qu'elle se rend chez l'employeur de Marc. Elle peut être appelée à témoigner. Elle donne son nom : Évangeline. Elle appartient à l'ordre des Petites Augustines dont elle écrit l'adresse.

Marc est dans le coma.

Il s'écoule des jours et des jours. Marc le cordonnier retrouve la lumière, la lucidité. Une part de son corps reste insensible, seul son cerveau fonctionne. Il sourit à tous ceux qui s'approchent, il ne cesse d'adresser des remerciements. Sa situation semble être celle d'un homme qui a vécu longtemps seul dans le désert et qui retrouve la civilisation.

Son patron, l'ami de son père donc son ami, une sorte d'oncle par une parenté de profession, vient le visiter dès qu'il le peut. Il s'occupe des formalités, assurance et autres. Il veut que Marc ne manque de rien.

Sœur Évangeline s'est rendue dans la rue triste. Elle s'est arrêtée devant la cordonnerie fermée, a emprunté le couloir étroit, a vu qu'une porte donnait sur l'arrière-boutique. La concierge, Mme Férandier, lui a ouvert la porte. Une demi-journée leur a suffi pour mettre de l'ordre, faire le ménage, changer les draps du petit lit.

Des nouvelles de Marc ? La religieuse a peu parlé. Il se remet lentement, tout ce qu'elle a dit, bien qu'elle sache, par malheur autre chose. Elle espère que la mère supérieure des Petites Augustines lui donnera l'hospitalité le temps de sa convalescence.

La jeune religieuse revint souvent dans la rue triste. Elle demandait la clé à la concierge et demeurait longtemps dans l'atelier et la pièce, centre de vie de Marc. Elle restait là, dans ce silence, assise sur un tabouret, se levant parfois pour aligner quelques outils, disposer des morceaux de cuir, réunir des clous et des semences, dépoussiérer des godasses…

Elle devint bientôt une familière de la rue triste, fit connaissance avec de nombreux habitants, donna des soins de petite infirmerie, prodigua des aides aux enfants. Et un garçon la suivait volontiers dans ses visites : Paulo, dit Coco Bel-Œil et autres sobriquets. Il se mettait à son service, aidait, expliquait, se lançait parfois dans de longs discours incompréhensibles.

Ainsi, sœur Évangeline devint une sorte de lien entre des gens de la rue triste qui ne se fréquentaient pas auparavant. Paulo l'entraîna même chez sa chère

Mme Gustave, à l'ancien bougnat des BOIS ET CHARBON devenu bistrot. Les deux femmes sympathisèrent. À la surprise des habitués, la petite sœur commanda un vin rouge et porta la santé. Se trouvaient là quelques êtres malmenés par la vie, ceux qu'on appelait encore des chômeurs professionnels, des clochards, le facteur qui se voyait offrir un verre par la patronne, et même M. Marchand, fonctionnaire de police toujours tiré à quatre épingles et qui arborait des décorations de la guerre de 14.

Cette nouvelle présence dans une rue où elle venait le plus souvent qu'elle le pouvait, comme elle le faisait pour ses visites à l'hôpital où Marc subissait examens et interventions, cette religieuse qui ne correspondait pas à l'idée qu'on se faisait de sa condition devint une sorte de lien entre les êtres, les oubliés de la vie dans la rue triste, malmenés par leur condition modeste et par les restrictions de la guerre perdue. En quelque sorte, elle était comme le chevalier qui éveille la Belle au bois dormant.

Il y eut même quelques projets. Paulo proposa de préparer une surprise pour Marc : repeindre la petite boutique aux volets de bois. Mme Gustave et quelques autres affirmèrent que ce n'était pas là une bonne idée. Marc le cordonnier devait retrouver les lieux tels qu'il les avait quittés, tels qu'ils avaient été au long des jours.

Paulo, le grand et maigre Paulo, au visage si laid, à l'œil défunt, depuis l'école maternelle était le plus cher, le plus proche de ceux qui connaissaient Marc le cordonnier, le beau Marc, en quelque sorte le contraire de Paulo, si défavorisé par le sort.

L'injuste nature avait donné à Paulo ce physique contrefait. Ainsi fut-il, par cette cruauté qui n'est pas l'apanage des adultes, en proie à la vindicte de ses compagnons de classe. D'un tempérament très doux, prêt à accepter les mauvais coups du sort, Paulo finissait par juger naturelles ces brimades.

Marc, le futur cordonnier, le futur coureur à pied, ne l'entendait pas ainsi. Par un instinct qui le poussait à se porter au secours de ses semblables, il se fit le défenseur actif de l'infortuné Coco Bel-Œil. Les autres craignaient son regard autant que ses poings. Bientôt le fort et le faible devinrent inséparables.

De classe en classe, Marc apparaissait comme le meilleur élève, celui qui réussit en toute matière, tandis que Paulo assumait sa vocation de dernier de la classe.

L'examen du certificat d'études primaires, celui auquel lors d'un test, des dizaines d'années plus tard, bien des nouveaux bacheliers échouèrent, s'il apporta le triomphe couronné lors de la distribution des prix à Marc, marqua la défaite de Paulo qui fut refusé.

Le malheureux ne se lamenta pas : il s'y attendait. Marc s'assit près de lui au pied d'un arbre dans la cour de récréation. Telle une grande personne, il trouva les mots pour consoler son ami :

– Les examens, les concours, ça veut rien dire, mon pote. Tu as en toi quelque chose que n'ont pas les autres, que je n'ai pas non plus : tu n'es pas fait pour les études mais tu es vachement mariole, oui très malin, et c'est peut-être toi qui réussiras le mieux dans la vie, tu verras…

– Oui, que tu dis… Mais en attendant…

– En attendant, mon père m'a donné du pognon. On va manger des éclairs et je te paie le cinéma.

Ainsi, tout au long de leur vie resteraient-ils unis. Deux proches, deux amis, deux frères.

Sœur Évangeline et Paulo se sont retrouvés à la même heure devant l'hôpital.

Paulo ôte sa casquette et la met sous son bras. Sœur Évangeline lui donne une tape sur l'épaule. Ils grimpent les escaliers. À la surprise du garçon, la bonne sœur gravit les marches deux par deux. Elle apparaît comme un condensé d'énergie. Paulo est abasourdi et intimidé.

Cet après-midi-là, ils ne peuvent voir Marc. Une infirmière indique qu'il est en salle d'opération dans l'attente d'une intervention. La sœur laisse Paulo dans le couloir. Elle s'adresse à un médecin, à un chirurgien. Ils parlent brièvement. Sœur Évangeline revient vers Paulo et lui dit :

– Nous ne verrons pas Marc aujourd'hui. Partons.

– Le toubib, il a dit quoi ? demande Paulo.

– Les médecins sont peu bavards. Pour lui, « tout ira bien », ce qui ne veut pas dire grand-chose. Et aussi : « C'est un cas difficile, cela risque d'être long, très long… »

– Pauvre Marc ! dit Paulo.

Ils ont quitté l'hôpital lentement, à regret. Le visage de la sœur paraissait défait, comme si elle avait perdu une bataille. Ils marchèrent côte à côte. Ils se retrouvèrent sur un banc public, côte à côte, comme deux enfants malheureux. Puis Paulo s'enhardit à parler :

– Mademoiselle, euh ! pardon ! Ma sœur…

– Quoi donc, mon ami.

– Voilà, bégaie Paulo, voilà. Je vaudrais vous demander pourquoi vous vous intéressez tant à Marc. Vous ne le connaissiez pas et…

– Simplement, j'étais présente quand il a subi cet accident. Pourquoi me trouvais-je en cet endroit ? J'avais fait un détour. Ce n'était pas mon chemin et…

– Le hasard.

– Le hasard ? Non, je ne le crois pas. Le hasard ? Pas du tout ! Il n'y a pas de hasard. C'est la Providence qui m'a placée sur le chemin de votre ami. Maintenant, je ne peux rien faire que prier. Paulo, vous croyez en Notre Seigneur ?

Paulo ne répondit pas tout de suite. Il tentait de penser. Il regarda de biais sa voisine. Pour la première fois, il scrutait ce visage. La peau brune, presque basanée, il semblait que son expression changeait sans cesse. On lisait dans ses grands yeux tour à tour de la mélancolie, puis une sorte de bonheur qui l'illuminait. Tantôt aimable, gracieuse même, elle pouvait s'assombrir, ses traits se plissaient, ses lèvres se serraient, son menton semblait avancer comme si elle s'apprêtait à quelque combat. Et ce visage parfois ordinaire, à d'autres moments charmant, offrait des changements brusques, du ciel d'orage au ciel bleu, sans transition.

Après un silence, Paulo prononça ces paroles inattendues :

– Le bon Dieu, je ne suis pas assez intelligent pour ne pas croire en Lui.

– Ce que vous venez de dire… eh bien ! je ne sais pas… mais il faut prier pour Marc.

– Je ne sais pas comment on fait.

– Alors, pensez à lui, joignez les mains et demandez sa guérison. Faites le signe de croix comme moi.

Ils se signèrent ensemble. Paulo mis en confiance demanda :

– Ma sœur… Pourquoi on vous appelle « ma sœur » ? Pourquoi pas « ma cousine » ou, je ne sais pas, selon l'âge « ma tante » ou « ma grand-mère » ?

Ces propos amusèrent la religieuse et son rire fusa comme un petit grelot d'argent. Elle dit :

– Paulo, vous n'êtes pas comme tout le monde, personne ne vous ressemble…

– Heureusement pour eux. Je suis si laid.

– Non Paulo, vous n'êtes pas laid. Il y a de la beauté dans votre œil. Et puis, la beauté, la laideur, cela n'est rien. Disons-nous au revoir. D'ici quelques jours, je viendrai vous voir dans votre rue dont j'oublie toujours le nom…

– La rue triste.

– Non, elle n'est pas triste. Je vous dirai même que lorsque je la quitte, ce sont les autres endroits qui me paraissent tristes.

– Je vous montrerai ma remise et tout mon bric-à-brac. Vous verrez que je suis un peu fou.

Ils se serrèrent la main, puis se firent un petit signe en se quittant. Paulo avait l'impression de ne pas être tout à fait le même.

La vie continua. Et l'on peut revoir Paulo visitant Mme Gustave, la seule femme à qui il ose faire des compliments. Quand il ne pense pas à Marc, un sourire l'éclaire, un rien l'amuse. Il regarde des petites filles qui jouent à la balle, une fenêtre qui s'ouvre, des fleurs sur un balconnet. Parce que sœur Évangeline le lui a dit, il ne trouve plus la rue si triste. Il lui semble même que c'est un endroit préservé. Tout autour il y a le monde, celui de la guerre, de la mort, de la faim. Cette dernière existe, les rations de nourriture sont minces, les difficultés présentes mais il y a les souvenirs, les espérances. Paulo murmure. Il invente des prières où les mots de l'argot se mêlent à ceux de la foi. Un jour, Marc, Marc le cordonnier, reviendra comme les prisonniers de guerre, mais quand ?

Il a laissé son étroite soupente pour vivre dans la remise. Ce lieu appartient à Mme Gustave. C'est là que feu son mari entreposait les bûches, le charbon de terre et le charbon de bois, les petits ligots à bout jaune emprisonnés dans du fil de fer. Quelle bonne idée a eue Paulo de demander à la patronne de lui louer cet endroit. Enfin, pas tout de suite car il ne possédait pas l'argent nécessaire.

À sa surprise, elle lui donna l'autorisation de s'y installer en ne demandant pour loyer que le nettoyage complet de l'endroit, quelques réparations, la promesse qu'il se chargerait de ses courses et de tout menus services.

Ce fut donc, si modeste qu'elle fût, le début de la réussite prédite par son ami Marc. Il fut donc le chiffonnier du petit matin ramassant dans une ancienne voiture d'enfant tout ce qu'il trouvait, des vieux papiers aux vêtements délaissés, à la ferraille, la vaisselle cassée qu'il réparait et même parfois quelque meuble qu'il revendait à bas prix à un brocanteur.

Alors commença la période de l'artisanat, des petits boulots et du système D. Tant bien que mal, il arrivait à vivre, mal, mais à vivre.

Il connaissait un loueur de voitures à bras qui accepta de lui laisser deux véhicules hors d'usage, de ceux qui transformaient l'homme en cheval de trait.

Habile de ses mains, imaginatif, il parvint à les réparer. Puis il fit de même avec deux triporteurs, un petit Juéry et un gros Oblin. Bientôt, il put clouer une enseigne sur le fronton de la remise : CHEZ PAULO, LOCATION DE VOITURES. Il en tira, en ces temps de disette, un petit bénéfice qui mit comme on dit « du beurre dans les rutabagas ». Pas instruit, le long Paulo, mais malin ! Son ami Marc le lui avait dit.

Marc, l'infortuné Marc, quand il reviendrait, avec l'aide de Mme Gustave et de quelques autres, ils feraient une fête pour lui. Paulo songeait à des fleurs, du champagne, des chansons, peut-être la présence du père Fabre qui malgré ses nonantes savait encore tirer des sons de son accordéon. Et puis il rallierait des copains d'école habitant les rues avoisinantes. Et la sœur, viendrait-elle ? Il se souvenait de ses paroles : « Paulo, ne m'appelez plus mademoiselle. Quand vous dites "ma sœur", c'est que je suis vraiment comme une vraie sœur, et aussi pour Marc… »

Et Paulo, le borgne Paulo, triste ou gai, à jeun ou ivre, quand il le pouvait, se demandait s'il parviendrait à remettre en état cette charrette des quatre-saisons sans roues qui lui avait été échue. Il ne se doutait pas, lui, le bricoleur, le besogneux qu'il traçait des plans comme un architecte, qu'il inventait, redonnait la vie à des instruments défunts. Ce qu'il faisait, des gens de haut savoir n'auraient pas pu y avoir accès. Cela il l'ignorait. Sacré Paulo !

Trois

Une grande salle toute blanche. Vingt lits alignés. Dix de chaque côté. Dans les lits, des patients. L'hôpital où l'on souffre, où l'on guérit, où l'on meurt.

Se trouvent là de hauts paravents montés sur roulettes. Les infirmières les déplacent au gré des besoins : arrivée de visiteurs, travaux des praticiens ou agonie que l'on doit cacher aux autres.

Le lit de Marc est situé tout au fond, à gauche. Il a obtenu d'être protégé par un des paravents. Son beau visage, ses cheveux blonds, ses yeux clairs, son sourire triste, sa gentillesse ont conquis les infirmières. Comme il ne se plaint jamais, comme il remercie du moindre soin, il est un peu comme le chouchou de la classe.

Il n'a connu qu'un incident. Désirant se lever, ses jambes ne l'ont pas porté et il est tombé, sa tête heurtant le mur et le laissant sans connaissance. Revenu dans son lit, réanimé, l'infirmière en chef le gronda, puis ce fut le médecin : interdiction formelle de tenter de bouger, sinon il faudrait en arriver à lui passer des sangles autour du corps. Comme un enfant, il promit : « Je ne le ferai plus, croix de bois croix de fer si je mens je vais en enfer ! » Cela fit sourire. Il demanda :

– Docteur, quand pourrai-je me lever ?

– Vous lever... Oui, je vois... Il vous faudra encore attendre... Le temps, je ne sais pas... Bientôt je vous parlerai. Soyez patient.

Pourquoi ce ton gêné, ces hésitations ? Le médecin enchaîna :

– Cette religieuse qui vous rend si souvent visite, pardonnez mon indiscrétion, appartiendrait-elle à votre famille ?

– Brune comme elle est, blond comme je suis, cela serait-il possible ?

– On en a vu d'autres.

– Tout simplement, elle m'a à la bonne, elle veut m'aider, me protéger. Tout cela parce qu'elle a assisté à l'accident, et elle croit que son bon Dieu l'a placée sur mon chemin.

– Et vous, vous le croyez ? Non, bien évidemment. J'ai toujours pensé qu'il leur manquait quelque chose, à ces religieuses, l'amour ou la maternité, je ne sais. Elle est devenue votre mère, votre fille ou bien, sans le savoir, elle est amoureuse de vous.

– Oh ! docteur... Elle veut être ma sœur, tout simplement.

– Très bien « mon frère », rétorqua le docteur en riant. Moi, je me méfie toujours des bonnes intentions. Elle doit vouloir vous convertir.

– Elle aura du mal. Dans ma famille, on n'est pas de ce côté-là.

En effet, de père en fils, dans la continuité, on faisait, si l'on peut dire, profession de non-foi. Le grand-père avait été un compagnon du grand Jean Jaurès. Son fils, le père de Marc, ne pouvait parler de l'Église et des prêtres qu'avec des mots injurieux. Un curé devenait un ratichon, un corbeau, un cureton. Dans la famille cordonnière, pas de baptêmes, de mariages à l'église, d'enterrements religieux. Du côté des femmes, c'était quelque peu différent mais elles se taisaient. Qui saurait jamais que la mère de Marc l'avait fait baptiser en cachette ? Deux personnes de la rue : une concierge et un fonctionnaire, parrains d'occasion, avaient promis le silence.

Mme Gustave promène ses formes généreuses dans la rue triste. Comme beaucoup de dames obèses aux petits pieds, elle avance avec précaution. La rue étroite traversée, quelques pas la conduisent vers sa remise où son locataire entassa ses trésors dérisoires.

La porte est ouverte. Elle voit le capharnaüm de Paulo et pousse un soupir. Sur son visage rond se dessinent des sentiments divers : l'agacement, la résignation, puis l'amusement. Qu'importe, après tout ! Chacun mène son existence à sa manière, Paulo, c'est une sorte d'écureuil ou de fourmi : il engrange et l'inutile d'aujourd'hui peut être l'utile de demain.

– Paulo ! Paulo ! Montre-toi…

L'intéressé émerge d'une pile de cartons contenant chiffons et papiers, laine à matelas et autres de ce paradis des rebuts et des pièces détachées. Il est en salopette de mécanicien. De vêtements, il n'en manque pas. Il arrive même qu'il revête ses nippes de récupération selon la circonstance ou le travail à effectuer. Là il est le roi, l'empereur. Il trouve des gestes nobles, il fait la révérence et proclame :

– Maîtresse des lieux, bonne fée de ce logis, beauté parfaite, je vous salue en cette humble demeure.

– Cesse de faire le clown. Je t'emmène au café. J'ai une surprise pour toi.

Le comptoir était tenu par une vieille femme si

petite qu'elle devait se hausser sur la pointe des pieds pour servir trois peintres en bâtiment au repos. Mme Gustave entraîna son ami et locataire vers la cuisine où elle le fit asseoir devant la table recouverte de toile cirée.

– Une surprise, et une fameuse, dit-elle, et elle ajouta en chuchotant : J'ai trouvé du café, du vrai café !

Elle servit le café bien noir dans des bols tout blancs.

– Ça alors ! s'exclama Paulo, ça alors ! C'est du marché noir ?

– Appelle-le comme tu voudras, mais régale-toi. Si tu veux du lait, j'en ai en poudre.

– Ni lait ni sucre, précisa Paulo qui porta le bol à sa bouche avec un air réjoui.

– C'est bon, hein ?

– J'avais oublié le goût dit Paulo, mais en plus, ce n'est pas tant le caoua que le fait que…

– L'intention, précisa Mme Gustave. Mais je veux aussi te parler de quelque chose. Voilà : Marc ne t'a jamais rien dit de secret, de confidentiel, quelque chose qu'on ne confie qu'à ses vrais amis ?

– Je vois pas.

– C'est que… L'autre jour, un gars est venu. Il m'a demandé où il pourrait trouver Marc. Je n'ai rien dit parce que sa tête me plaisait pas. Et puis, hier c'est Lucien, tu sais bien Lulu, l'imprimeur. Il m'a laissé entendre, sans me le dire, que Marc… enfin, j'ai rien compris, bref que Marc était peut-être autre chose que cordonnier.

– Je vois pas, répéta Paulo.

– Tu gardes ça pour toi, mais quand tu iras le voir à l'hosto, peut-être qu'il te dira quelque chose.

– Lulu, c'est le grand rouquin. Je connais son imprimerie. Y a qu'une petite machine et des boîtes avec des caractères en plomb. Il fait dans la carte de visite. Il gagne pas bésef avec ça. On était dans la même classe avec Marc. Il était le plus marrant mais drôlement bagarreur. J'irai le voir. C'est un copain mais il croit que je suis un idiot, un demeuré.

« Une femme qui vous offre du café par les temps qui courent, c'est qu'elle vous aime ! »

Voilà ce que pense Paulo tout ému. Il réfléchit : « Marc autre chose que cordonnier… » Que cela veut-il dire ? Oui, peut-être, parce qu'il lit beaucoup dans les livres, est-il autre que son apparence. « Et si moi aussi j'étais un autre que moi ? se demande Paulo. Mais trop penser fait mal à la tête. Et de plus les gens disent n'importe quoi. Même l'adorée Mme Gustave.

Durant toute la période de la « drôle de guerre », on disait des bobards, du genre qu'avec la ferraille on forgerait l'acier victorieux. Tu parles, Charles ! Et voilà que tout continue. Chaque fois qu'au bistrot quelqu'un ouvre un journal, il dit : « Ah ! les journalistes, pour vous raconter des craques… » Et puis les doryphores, les vert-de-gris, ceux-là sont pires encore. Enfin passons.

Tandis que notre énergumène parcourt l'étroit trottoir, plongé dans des réflexions qui ne débouchent sur rien, en face marche M. Marchand. Pantalon gris, veste noire, col de chemise en celluloïd, cravate grise, chapeau melon, canne à la main, quel homme important ! Et voilà que Paulo se heurte à lui :

– Alors l'ami, dit M. Marchand, on ne regarde plus devant soi ?

– Heu ! derrière non plus, avoue Paulo, et son sens de la plaisanterie reprend le dessus : Alors, commissaire Maigret, vous avez arrêté beaucoup de bandits aujourd'hui ?

– Pour votre gouverne, apprenez que je ne suis ni commissaire, ni inspecteur de police mais fonctionnaire de première classe à l'identité judiciaire.

– C'est mieux ou c'est moins bien ?

– Il s'agit d'une autre fonction et qui n'est guère facile à l'époque où nous vivons.

– Toutes mes excuses. Pour la « gouverne », je ferai gaffe.

Et Paulo soulève sa casquette tandis que M. Marchand pince le bord de son chapeau.

Parmi les activités du sieur Paulo, le lavage d'automobiles. Cela se passe dans un garage qui donne sur la place, de l'autre côté de la rue triste.

Comme Paulo ne connaît pas les noms des véhicules, les ordres lui sont donnés par le gros Mimile en employant les numéros des plaques minéralogiques :

– Tu feras la 7850 RJ 6 et la 7038 RM 2 !

Cela veut dire une Primaquatre et une Vivaquatre. Les autos Renault portent de tels noms : il existe aussi la Juvaquatre et la Celtaquatre.

Le temps n'est pas encore venu du lavage automatique. Il faut une éponge et un seau d'eau peu savonneuse étant donné la mauvaise qualité d'un savon plâtreux. Il faut surtout de l'habileté et une bonne résistance à la fatigue des bras. Lavage et rinçage effectués, il faut encore sécher au chiffon et lisser la carrosserie à la peau de chamois.

Tout en travaillant, Paulo regarde autour de lui s'il

n'y aurait pas quelque rebut à grappiller. Son travail achevé, le modeste salaire encaissé, il demande :

– Tous ces vieux pneus, vous en faites quoi ?

– Que veux-tu que j'en fasse ? Ils sont déchirés, irréparables, foutus. Tu me rendrais service en m'en débarrassant.

Ainsi, chaque fois que Paulo travaillera pour Mimile, il partira avec des pneus en lambeaux, un dans chaque main ou autour du cou.

Les gens de la rue triste le sollicitaient pour des travaux comme la réparation d'une machine à coudre ou d'un fer à repasser électrique. Il trouvait une solution, refusait parfois le règlement d'une personne pauvre. S'il ne parvenait pas à apporter l'aide souhaitée, il le prenait comme une défaite et repartait tout triste.

À tous il parlait de Marc et précisait « Marc le cordonnier, le grand blond aux cheveux longs, celui qui court toujours, mais, hélas ! il gît sur un lit d'hôpital. » Il incitait tel ou tel à lui rendre visite puisque le décimé n'avait pas d'autre famille que ceux de la rue triste.

Et ce fut l'hiver. La ville devint toute blanche sous la neige et il arrivait là, avec les flocons, de la beauté. Puis la circulation transformait cette neige, cette splendeur en boue, une boue qui correspondait aux maux de l'époque, à la guerre, aux mauvaises nouvelles, aux privations.

Seule la rue triste où l'on ne passait guère gardait sa splendeur blanche.

Sœur Évangeline, à la clinique des Augustines, multipliait les gardes de nuit, ce qui lui permettait de s'absenter le jour, de rendre visite à son protégé, le plus souvent de le veiller en silence car Marc le cordonnier, en dépit de son assez bon état physique s'enfermait dans le mutisme. Il se contentait de répondre aux propos de la sœur par un sourire à peine esquissé ou un signe d'approbation. Elle avait compris qu'il était vain de l'entretenir des choses de la religion. Tentait-elle de le faire, il fermait les yeux et semblait dormir.

Marc écouta sa visiteuse quand elle lui confia que ses randonnées dans sa rue, la rue « triste », étaient pour elle un bain de fraîcheur, des vacances en quelque sorte. Elle trouvait, dans les logements modestes des familles, des gens merveilleux qui ne cessaient de l'étonner. Armée de sa trousse, elle continuait à prodiguer des soins, à donner des conseils de santé, à panser de petites blessures, à apporter consolation et encouragements.

Si dans la famille de Marc le cordonnier, on « bouffait du curé », si les idées se situaient à l'opposé de celles professées par l'Église, si tout prêtre devenait un ennemi, jamais on ne s'était attaqué aux sœurs. Ces femmes, petites sœurs des pauvres, secourables, leur semblaient appartenir à une autre race, dépassant les clivages. Son père, blessé lors de la guerre de 14, avait reçu les soins de celles qu'il appelait, tout comme les infirmières ou les soignantes bénévoles « les anges blancs ».

Le long Paulo avait confié à la sœur que Marc lisait beaucoup, qu'il était drôlement calé. Aussi tenta-t-elle d'avoir une conversation portant sur les livres. Hormis les classiques, leurs lectures n'étaient pas les mêmes. Marc, s'il sortait de son mutisme, disait des noms, citait des titres qu'elle ignorait : des écrivains du socialisme, des grandes et belles utopies de la fin du siècle dernier, des pacifistes, des libertaires ou des anarchistes. Elle lui apporta quelques livres : une bible qui ne l'attira pas vers la foi, mais lui plut parce qu'elle offrait de belles histoires, deux petits volumes contenant les pensées du révérend père Lacordaire. Elle reçut à sa demande son opinion. Marc lui répondit :

– Ce serait magnifique s'il s'en tenait à l'humanité. Il y a même des pensées que je ne renierais pas si, un peu partout, il ne nous parlait pas de « la musique des sphères célestes » ou ne nous disait que « le rationalisme est incorrigible », à croire qu'il s'agit d'un aveugle qui retrouve la vue en de rares occasions. Vous, ma sœur, puisque vous voulez que je sois votre frère, quand vous visitez les gens de ma rue, en les soignant vous ne faites pas un peu de prêchi-prêcha ?

– Marc, est-ce que j'en fais avec vous ?

– Un peu. Vous me conseillez de prier. Si je le faisais, à quoi cela servirait-il puisque je ne crois pas ?

– Qui sait si Dieu n'écoute pas aussi les prières des incroyants ?

– Vous voyez : ne pas croire a du bon. Je ne peux même pas lui reprocher le sale coup du sort qui m'a frappé.

– Les gens de notre rue, il en est beaucoup qui prient, pas seulement des catholiques, mais aussi des musulmans et des juifs. De tout temps, dans toutes les religions, dans tous les pays du monde, la prière apporte un bienfait.

– Ainsi soit-il, ironisa Marc. Pardon pour mes critiques. Vous êtes mon amie, ma protectrice. Je vous aime bien mais ne m'en demandez pas trop…

– Votre amie, oh ! Marc, ce que vous venez de dire répand de la joie en moi.

Et sœur Évangeline prit la main de Marc et la tapota doucement tandis que les regards se parlaient plus qu'avec des paroles.

Non loin de là, dans une salle, deux médecins s'entretenant de problèmes éthiques et humains. Ils avaient à peu près le même âge, autour de la cinquantaine. Celui qui portait une superbe moustache dit :

– Je suis partisan que l'on dise tout aux patients de leur état. À quoi bon leur mentir puisqu'ils l'apprendront un jour ?

– Cher ami, répondait celui qui portait la barbe, encore faut-il qu'ils soient préparés et en état de recevoir le message.

– Celui-là me paraît doué d'une certaine force de caractère. Jamais une plainte. À peine interroge-t-il sur son état. Il reste muet, souriant parfois, et je sens chez lui une volonté de fer.

– Mais après, qu'en ferons nous ? Une maison de santé, un asile ? Il ne semble pas qu'il ait de grands moyens. Et qui se chargera de lui ? On ne lui connaît pas de famille…

– Il y a bien cette religieuse qui ne cesse de le visiter. Et aussi ce grand flandrin à l'allure de

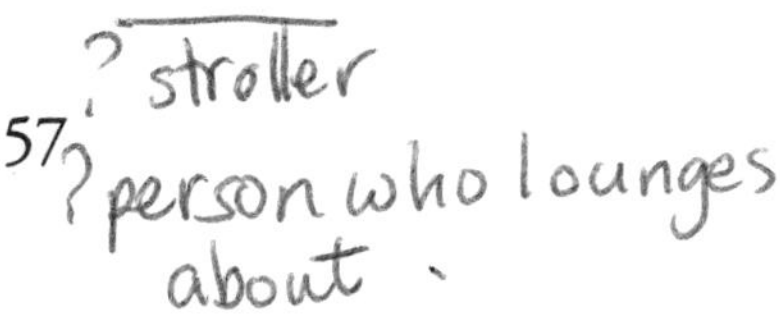

clochard, les gens de sa rue aussi qui lui rendent visite sans avoir l'air de bien le connaître.

– Et si nous nous entretenions avec la sœur ? Après tout, elle appartient à une maison de santé et elle semble avoir de fameuses connaissances médicales si j'en juge par la conversation que nous avons eue. Elle pourrait le préparer…

– À recevoir la nouvelle ? Non, nous devons aller jusqu'au bout de nos responsabilités et non pas nous en remettre aux gens d'Église.

– Qu'il en soit ainsi, décida le médecin-chef, mais cela n'empêche nullement que nous parlions à la bonne sœur.

Sœur Évangeline est assise face au médecin. Elle tient serrée sa trousse médicale contre elle. Ses traits sont affaissés, elle paraît vieillie, fragile, délestée de son énergie.

– Ce jeune Marc ne retrouvera jamais l'usage de ses jambes, du moins selon les limites de nos connaissances actuelles dans toutes les spécialités médicales, affirme le médecin-chef. Dès lors certaines questions se posent : il n'a aucune famille, par exemple. Pour le reste, il est solide. Aucune autre partie du corps n'est atteinte, il a même gardé ses possibilités de…

enfin, disons : sa masculinité. Vous êtes la première à qui je fais part de la triste nouvelle...

– Une information que je pressentais, dit la religieuse. Je fais partie de ceux qui sont habitués aux misères humaines, mais je n'imaginais pas une telle gravité dans le cas de mon ami. Je ferais tout pour lui, et je ne suis pas la seule. Il y a Paulo que vous avez vu et qui le considère comme son frère, d'autres personnes de sa rue aussi. J'ai déjà parlé à notre mère supérieure. Avec mes sœurs, nous nous relaierons auprès de lui dès qu'il aura regagné sa demeure...

– Sa demeure ? Est-il bien sage qu'il y retourne ?

– Il aime son métier de cordonnier. Même sans l'usage de ses jambes, il peut le pratiquer. Et cette activité éloignera de lui, tout au moins en partie, le désespoir. Il n'accepte pas le secours divin. Il aura celui de sa profession. Pour le reste, les difficultés de la vie quotidienne, nous l'assisterons, nous serons toujours présents. Quand pourra-t-on le ramener chez lui ?

– Nous le garderons encore deux ou trois semaines. Maintenant, il me reste la tâche la plus difficile : lui dire la vérité.

– Je peux le faire, proposa la sœur.

– Je dois la lui annoncer. J'ai, hélas ! quelque

habitude. Mais vous pourrez le visiter ensuite et lui parler de son existence future...

Sœur Évangeline approuva d'un léger signe de tête. Elle se leva pour aller s'asseoir dans la salle d'attente. Elle posa sa sacoche à ses pieds, joignit les mains et sa prière s'affirma par un léger tremblement de ses lèvres.

Le médecin-chef, au chevet de son patient lui dit qu'il allait lui parler d'homme à homme et qu'il faudrait à Marc un immense courage pour tout entendre. À sa surprise, l'homme alité l'interrompit :

– Docteur, pardonnez-moi, ce que vous allez me dire, je le sais depuis longtemps.

– Qui vous a parlé ?

– Mon corps, dit Marc avec un curieux sourire. Lui et moi vivons ensemble de longue date et il n'a jamais rien su me cacher.

Comment ce malheureux pouvait-il glisser une pointe d'humour dans sa détresse ?

Gêné, le praticien prononça quelques phrases embarrassées, puis, pressentant l'inanité de son propos, il annonça :

– Votre amie, la sœur, est dans la salle d'attente. Elle veut vous parler.

– Oui, mais auparavant, docteur, pardonnez mon ironie. Ce n'est qu'un moyen de me défendre contre moi. Surtout, je veux vous remercier de tout ce que vous et vos collègues avez fait pour moi et aussi la gentillesse des infirmières... et j'avoue que je ne prends pas ce qui m'est arrivé de manière indifférente. En fait...

Marc le cordonnier ferme les yeux, serre les dents et le docteur en le quittant lui dit :

– Je sais, mon ami, je comprends.

Lorsque sœur Évangeline apparut à son chevet, Marc ferma les yeux mais ses paupières baissées ne surent retenir une larme sur sa joue. La religieuse s'assit à son chevet et resta silencieuse. Puis elle prit un petit mouchoir dans sa poche et recueillit cette larme.

Quand Marc rouvrit les yeux, il eut un mouvement de révolte et jeta avec rage des phrases sans suite :

– Pourquoi tout cela ? Pourquoi moi ? L'ai-je mérité ? Je courais voilà tout. Je n'étais pas si pressé mais je filais vite parce que j'aime agir ainsi. Et je voulais retrouver ma rue, mon logis. Partout ailleurs, les choses sont laides même quand on vante leur beauté. Partout des affiches sales, des inscriptions sur des panneaux dans une bizarre langue allemande, de longs mots incompréhensibles même pour qui connaît un peu du parler venu des horribles soldats en vert. Et des gens devenus muets, aveugles, parce qu'ils ne veulent pas voir la présence des fous d'Hitler. Je courais, je courais pour fuir tout cela. Je fuyais comme pour le combattre. J'allais vers ailleurs, ma rue, mon logis, la boutique où l'on est cordonnier depuis mon arrière-grand-père, peut-être même avant. Et ne me dites pas que cette attaque contre mon corps c'est votre bon Dieu qui l'a voulue !

– Non Marc, ce n'est pas Lui !

Elle commença une phrase par : « Voilà ce que nous pourrions faire… », et ce nous c'était Marc, Paulo et elle-même, un trio uni pour faire échouer le désespoir. Ce qu'elle proposa : on réinstallerait Marc dans ses lieux familiers. Dès qu'on se serait organisé, il reprendrait son métier. Il avait ses mains, ses bras, sa force, son intelligence.

– Ma sœur…

– Oui, je suis votre sœur, doublement, par la religion que vous refusez et par l'amitié que nous nous devons tous en ces temps épouvantables.

– Ma sœur, oui, ma sœur.

À défaut de s'étreindre, ils se serrèrent les mains longuement et ce fut un moment intense d'union et de bonheur à jamais ineffaçable.

Quatre

« *Il faut que je vous conte une petite historiette qui est très vraie…* »

Ainsi commence une lettre de Mme de Sévigné que j'appris par cœur dans mon enfance. Ainsi parle l'auteur de cette narration qui se permet de s'introduire parmi ses personnages. Oui, parce que je les ai tous connus, parce que je fus souvent dans la rue triste et peut-être même suis-je un des habitants cachés dans l'ombre. Cela pour affirmer avec mon illustre consœur des temps passés, une des plus remarquables stylistes de notre langue (comme je l'envie !), que mon historiette est « très vraie ». Certes, elle pourrait se terminer avec le retour de Marc le cordonnier, Marc qui était beau, Marc qui courait si vite. Or, ce qui paraît être une fin n'est sans doute qu'un commencement.

Celui qui donna l'apparence de la plus profonde affectation (mot proche d'affection) fut Paulo son ami, son frère, le long Paulo au physique de Don Quichotte et autres personnages dont j'ai parlé pour donner à celui à qui ils convenaient tous les sobriquets avec ou sans malice, avec cruauté ou pour le plaisir de l'image. Où chacun resta grave et comme recueilli, Paulo pleura comme un enfant dont il avait l'âme. Il éprouvait une sorte de honte à marcher quand son ami ne le pouvait plus et cela explique peut-être cette anticipation que j'ai faite, il y a de cela quelques pages, de sa chute avec la gamelle préparée à l'intention de Marc par la bonne Mme Gustave.

– Ne pleurons pas, lui dit sœur Évangeline, gardons nos pleurs pour les morts et non celui qui va revivre, revivre d'une autre manière mais être là avec nous. Préparons dès maintenant son retour. Je ne sais comment…

– Moi je sais, affirma Paulo.

Qu'arriva-t-il ? Il se métamorphosa. S'il garda son physique, dans sa tête tourbillonnèrent des pensées qui se transformèrent en inventions.

Il fut l'explorateur, l'archéologue des trésors de sa remise. Il suffisait de la vue d'un objet pour qu'il se transformât en un autre jailli de son cerveau. Tout commença par un fauteuil d'osier qu'il renforça de planches travaillées avec art, puis de barres de fer. Suivit la construction d'un marchepied. Il acheva son chef-d'œuvre en fixant des roues de bicyclette. L'appareillage se refusa à fonctionner. Dès lors, il se désola, se reprit, démonta, remonta, consolida, ajouta des ornements de sa composition et naquit un objet que n'aurait pas désavoué plus tard, l'art évoluant, un artiste. Paulo ne se douta jamais qu'il était un créateur, un innovateur. Seule lui importait l'utilité de son instrument : un fauteuil roulant à l'intention de Marc, de son frère Marc.

Il le recouvrit d'une bâche parce qu'il voulait garder le secret jusqu'à sa révélation.

Une nouvelle conception naissait dans son étroite tête : aimer, c'est inventer pour l'autre et l'autre il tentait de le deviner dans son propre corps, de pressentir ses besoins. Il alla même jusqu'à s'attacher les jambes pour tester ses possibilités de déplacement. Il constata d'extrêmes difficultés mais se consola en pensant que Marc, plus solide, plus musclé que lui, s'en tirerait mieux.

Dès sa première visite à Marc, la bonne grosse Mme Gustave, en femme pratique, lui avait apporté les instruments de rasage appartenant à son défunt mari : blaireau, savon à barbe, rasoir, et même pierre d'alun et eau Gorlier. Elle avait dissimulé un petit flacon de quinquina Dubonnet destiné à lui faire reprendre des forces. Ainsi, Marc pouvait présenter un visage fort beau bien qu'amaigri. Quant à ses longs cheveux dorés, il se servait du peigne naturel de ses doigts écartés.

Chaque matin, une infirmière lui passait une éponge savonneuse sur le corps, le rinçait, l'essuyait avec soin. Il arriva que sœur Évangeline surgît à cet instant. Par pudeur, Marc cacha vite ses parties intimes avec ses mains. La sœur sourit, lui donna une petite tape sur la fesse et lui dit :

– Marc, nous sommes tous des enfants du bon Dieu, même si vous ne le croyez pas. Inutile de rougir.

Le garçon allongé reçut des visiteurs inattendus : un facteur, la concierge de son immeuble, M. Marchand le fonctionnaire, une très vieille dame qui lui parla avec un accent d'Europe centrale, tous ces gens de la rue triste qu'il avait croisés et qu'il ne connaissait pas vraiment.

Puis ce fut Lucien l'imprimeur, un ancien copain de l'école, Lucien dit Lulu dit le Rouquin. La manière de leur entretien fut bien particulière. Le visiteur se pencha et chuchota à l'oreille de Marc qui parla à peine, se contentant de signes de tête comme pour donner un accord. Puis, à voix haute cette fois, ils évoquèrent des souvenirs d'écoliers : ce brave instituteur à barbiche qui distribuait des bonbons, le directeur dit « le dirlo » que tout le monde craignait, la distribution des prix, le préau de l'école décoré, les jeux de billes et les bagarres, le souvenir des autres gosses du quartier, de petites choses du passé comme nous en avons tous en tête, qui ne sont rien et qui nous préservent.

Puis l'imprimeur approcha sa bouche de l'oreille de Marc et ils parlèrent de nouveau à voix basse :

– Tu me comprends, dit le Rouquin.

– Que pourrais-je faire dans l'état où je suis ?

– Comme avant, et plus même. Il faut que tu reprennes ta cordonnerie, que tu fasses ton métier, ce qui rendra service à pas mal de gens. Ce brave Paulo prépare ton retour, il s'occupera de toi. Pour le reste, ne le mettons pas dans le coup. Ce n'est pas que je manque de confiance, mais il n'est pas très malin…

– Plus qu'on ne le croit ! dit Marc.

– Voilà la sœur, je me tire. Ces gens-là me mettent mal à l'aise. Elle doit avoir le béguin pour toi…

– Et puis quoi encore ? Tu ne peux pas t'empêcher

de dire des conneries. Allez, barre-toi. Tu diras bonjour à Paulo.

À peine était-il parti que sœur Évangeline annonça sans préambule :

– Marc, cher Marc, une bonne nouvelle. Vous rentrez la semaine prochaine. Une voiture viendra vous chercher. Pas une ambulance, une automobile. J'ai fait le nécessaire.

Marc regarda vers le plafond. Il se sentait très faible, fragile comme un tout petit enfant. Il pensa qu'on décidait pour lui mais il fit taire son agacement et dit simplement :

– Merci ma sœur.

La sœur sourit, fit un petit salut comique de la tête.

Ainsi Marc allait retrouver sa vraie vie dans sa rue, la rue triste, un peu moins triste désormais.

Cette conversation à voix basse ou chuchotée entre Marc le cordonnier et Lucien ou Lulu ou le Rouquin, le lecteur, la lectrice sagaces en ont deviné l'objet. Quant à l'auteur, il le sait lui aussi mieux que quiconque mais il adore faire des cachotteries.

Revenons à Paulo, « plus malin qu'on ne le croit », Paulo le dégingandé. Le fauteuil roulant achevé, il vérifia plusieurs fois son état de marche et se montra satisfait.

Il passa alors à la phase la plus difficile de son opération. Elle se déroula dans l'arrière-boutique, le lieu de vie de son ami. Il dut beaucoup réfléchir. Couché dans le lit, ayant lié ses jambes, il tentait d'imaginer de quelle manière et avec quels efforts Marc pourrait passer seul du lit au fauteuil. Sa musculature suffirait-elle ?

Il fit venir Mme Gustave, la concierge, puis un copain mécano du garage qui suggéra un début de solution. Alors, Paulo devint le Léonard de Vinci de la rue triste. Il imagina un système compliqué de cordes, de sangles et même d'un palan récupéré au garage. Il n'en fut pas satisfait. Il en revint à plus simple : une corde munie de poignées partant du bas du lit, une autre, celle-là verticale, attachée à une poutre du plafond. En plaçant le fauteuil tout contre le sommier, par un mouvement du corps, il devenait possible de s'installer dans le fauteuil. Il fit rouler ce dernier jusqu'à sa destination. Bientôt, ses amis ainsi que la bonne sœur purent l'admirer. Cette dernière, habituée à l'hopital, parla de faits pratiques : elle apporta un bassin et cet urinoir appelé pistolet.

L'infirme fut soulevé sans effort sous le regard étonné des employés de l'hôpital et de deux ou trois médecins. Un infirmier dit à ses compagnons : « Drôlement costaudes les frangines ! » Ils adressèrent de vagues signes d'adieu tandis que Marc était installé à l'arrière de l'automobile, une Peugeot d'un autre âge qu'on appelait familièrement « Pétrolette ». C'est sœur Évangeline qui conduisait, une sœur à ses côtés, tandis que l'autre soutenait Marc le cordonnier, un peu pâle mais en bon état, qui regardait le boulevard, les rues, les avenues avec une sorte d'étonnement émerveillé, avec aussi un fond de tristesse qu'il se cachait à lui-même. Jamais, jamais plus il ne pourrait courir en aucun lieu.

Que se passe-t-il durant ce temps à son logis ? Ils sont tous venus pour l'accueillir dans son arrière-boutique : Paul contemplant son fauteuil et son installation, le Rouquin bourrant sa pipe, Mme Gustave qui a apporté deux bouteilles de vin mousseux et des petits gâteaux, Mme Riollet la concierge, qui s'est coiffée d'un chapeau mais a oublié de retirer son tablier, enfin le patron et ami de Marc, son meilleur initiateur au noble métier de cordonnier. Il a apporté un cadeau, un poste de TSF qu'il a rénové et dont il a changé les lampes.

– Il faudra ouvrir les volets de la boutique, dit le Rouquin et nettoyer les vitres...

– Non, non, surtout pas ! s'esclaffe Paulo. Il n'a jamais voulu nettoyer les vitres. Son père ne le faisait pas, lui non. Il faut qu'il retrouve tout comme il l'a laissé.

– Je crois que tu as raison, mon Paulo, affirme Mme Gustave.

L'intéressé lui offre un regard de reconnaissance : elle l'a appelé *mon* Paulo !

À l'entrée de la rue triste, la Peugeot s'annonça par deux coups de klaxon. Paulo sortit par le couloir pour accueillir son ami. Comme le passage était étroit, il dut reculer devant les sœurs et leur charge humaine.

Tous s'étaient préparés pour un accueil triomphal, avec des cris de joie. Or, le silence régna. Marc le cordonnier regarda chacun et chacune, le visage crispé puis s'illuminant d'un sourire, un grand et franc sourire, et un regard pour ces êtres, ces gens de la rue triste. Ce fut comme une illumination dans la pénombre. C'est alors qu'il vit le burlesque et somptueux fauteuil.

– C'est le trône de Sa Majesté ! dit Paulo.

– Je suis plutôt la Petite Sirène d'Andersen. Ce fauteuil, d'où vient-il ?

Paulo rougit et c'est Mme Gustave qui annonça :

– C'est notre Paulo !

Les sœurs installèrent Marc qui posa ses mains sur les accoudoirs, renversa la tête en arrière tandis que sœur Évangeline rangeait ses jambes mortes et reposait ses pieds.

– Le pinard va te requinquer, dit Paulo en lui tendant un verre.

Ils sentaient qu'il fallait évacuer toute émotion, se garder de faire allusion à l'état de Marc. Des idées d'organisation, de sens pratique furent avancées.

Pour replier les volets de bois de la boutique, Paulo serait là. Les premiers jours Mme Gustave préparerait les repas de Marc, à qui le patron et confrère cordonnier proposa d'apporter du cuir pour ses premiers travaux.

– Nous avons la chance, toi et moi, d'avoir un bon métier.

– Je vais m'y remettre dès que possible. Demain peut-être.

Les sœurs durent partir. Comme seule sœur Évangeline savait conduire, il en serait de même pour elle. S'approchant de Marc, la religieuse posa sa main sur sa tête, sur ses yeux. Elle se pencha comme pour l'embrasser. Tous la regardaient silencieux. Elle portait en elle quelque chose d'immatériel, présente et absente à la fois. Marc restait immobile, figé, sans aucune expression sur le visage. Alors elle prit la main de celui qu'elle avait tant assisté, la baisa et sortit vite dans un grand envol de tissu noir.

Cinq

Mme Gustave est satisfaite. La chaleur de ce début d'été attire la clientèle. Tandis que la plupart consomment des boissons fraîches, Paulo le borgne, le grand échalas, et Lulu le Rouquin au nez aplati comme celui d'un boxeur et le visage constellé de taches de rousseur, eux, boivent du vin, du gros rouge à courtes lampées pour faire durer le plaisir.

Après avoir trinqué, Lulu l'imprimeur dit à Paulo le chiffonnier :

– Paulo, on ne s'est guère vus depuis l'école.

– Chacun va son chemin.

– Je voudrais… c'est difficile à dire… Je voudrais que tu m'excuses. Voilà : je t'ai toujours pris pour un, pour un…

– Dis-le : pour un con.

– Pas exactement. Mais un peu dans la lune, un peu braque. Et puis, j'ai vu le fauteuil, je t'ai observé et je me suis dit que tu étais un gars sur qui on peut compter. Et j'aurais besoin de toi.

– Si tu as du boulot pour moi, je marche. En ce moment, les affaires vont mal. Mais je ne connais rien à l'imprimerie.

– Pas la peine. Ce serait pour des courses, des courses un peu spéciales, et même… dangereuses. Je ne peux parler ici. Il y a trop d'oreilles.

– Alors, viens dans ma cambuse. Là, personne ! De temps en temps un rat, mais je crois que nous sommes devenus copains. Parfois je laisse traîner des morceaux de bouffe pour lui et ils disparaissent la nuit. Il sait que c'est moi. Un rat c'est malin.

– Il y a plus malin qu'un rat, dit Lulu.

– Quoi ?

– Deux rats. Toi et moi, nous pourrions être deux rats.

Ils rirent. Puis Paulo entraîna Lulu vers son repaire. Il lui montra les véhicules dans la cour. Lulu s'intéressa aux voitures à bras. Puis, une fois dans l'antre, Paulo fit les honneurs du logis, c'est-à-dire ces amoncellements absurdes d'objets apparemment inutilisables.

– Ben alors ! Ben alors ! C'est pour quoi faire tout ça ?

– Si je le savais, je m'en serais déjà servi. Mais tu n'as pas tout vu.

Paulo écarta une brouette sans roues, une machine à coudre des boîtes en carton qui dissimulaient une trappe. Il l'ouvrit dans un grand envol de poussière.

– Suis-moi, dit-il à Lulu l'imprimeur. Mais fais gaffe, il manque deux marches.

Ils pénétrèrent dans cette cave obscure où Paulo alluma une lampe à pétrole.

– Là, tu vois. C'est pas le boxon d'en haut. Juste un tas de charbon dans le coin.

– L'idéal, s'exclama Lulu, ce serait l'idéal…

– Pour quoi l'idéal ?

– Je te le dirai plus tard. Fais-moi confiance. Si tu as le temps, je vais te montrer mon atelier à moi. Je t'ai vu passer devant mais tu n'es jamais entré…

– J'avais pas besoin de cartes de visite, plaisanta Paulo. Dans la rue, tout le monde me connaît. Tu penses : avec ma trombine et ma dégaine.

– Faut que je passe d'abord chez Marc, on se retrouve chez Mme Gustave.

– Allez, viens chez moi. J'ai du cidre qui vient de ma famille en Normandie.

Les progrès, l'habileté, l'agilité, la force de Marc le cordonnier étonnèrent ses amis. Il passait du lit au fauteuil sans grand effort. Pour d'autres choses, il restait dépendant.

Mais Mme Riollet, sa concierge, apportait un coup de main. Elle lui lavait les cheveux, les jambes car pour se raser, pour nettoyer le haut du corps il se débrouillait assez bien.

Et puis, le grand Paulo était souvent là. Ce jour-là il ouvrit les volets, déplaça certains objets et outils selon le désir du cordonnier, donna le coup de balai nécessaire.

– Le fauteuil, ton travail, comment je vais te payer tout ça ?

– Tu rigoles, non ? À ma place tu aurais fait la même chose. Simplement, j'ai une semelle qui bâille. Alors, si tu pouvais…

Une telle réparation : un jeu d'enfant pour Marc. Il regarda les piteuses chaussures. Il leva les yeux vers des cartons qui s'empilaient sur des rayons élevés, mesura la pointure du pied de son ami, s'aperçut qu'il portait des « pompes » trop grandes, sans doute ramassées dans une poubelle. Il demanda à Paulo de se servir d'un escabeau pour retirer une boîte entourée d'un ruban noir et exhiba une paire de bottines noires encore toutes brillantes. Il dit :

– C'est pour toi. Tu n'en auras jamais eu de si belles.

– Ça alors, ça alors…

– Ce sont les chaussures de mon père. Si ! Tu peux les chausser. Je ne les aurais données à nul autre qu'à toi.

Il demanda encore un petit service :

– Tu me nettoies la vitrine mais pas trop, juste le bas pour que les gens voient que je suis ouvert et aussi pour que je regarde de temps en temps dans la rue. Mais tu sais : j'ai déjà quelques clients. Le travail n'est pas facile : les gens gardent les objets et les vêtements jusqu'à leur extrême usure. Il n'empêche : quand mes pattes touchent la chaussure, la caressent, la plient, l'éprouvent, j'ai comme du plaisir dans les mains, dans les doigts. Comme si je me préparais à ressusciter un cadavre.

– Je vois : usées jusqu'à la corde…

– Tu crois que cordonnier est un mot qui vient de corde. Eh bien, non ! Il vient de Cordoue, la ville du monde qui fut la plus réputée pour son cuir de chèvre. Autrefois, on disait même : cordouanier.

– Je voudrais bien être aussi calé que toi.

– Pas difficile. Il suffit de lire. Tu sais lire, non ? Et même écrire. Aussi compter. Et puis tu as construit ce fauteuil. Tu mériterais une place au concours Lépine.

Après cette conversation, Paulo nettoya le bas de la vitrine, au-dehors comme au-dedans. Marc lui fit signe d'arrêter quand se dessina une sorte de demi-cercle.

Paulo le borgne laça ses bottines. Il avait hâte de se présenter chez son égérie, l'abondante Mme Gustave, pour qu'elle l'admirât, sans parler de Lucien qui devait l'attendre.

Tandis qu'il se pavanait, levant le pied jusqu'à hauteur du comptoir, et que Mme Gustave appréciait, Lulu s'esclaffa :

– Paulo les belles pompes ! Où t'as eu ça ? T'as pas déchaussé un macchabée ? C'est Marc ? Sacré Marc !

Mme Gustave leur offrit un guignolet kirsch. Elle dit :

– Depuis que Marc a repris sa vie normale, enfin presque, on ne voit plus guère la bonne sœur. Elle est passée un matin pour prendre de mes nouvelles, à cause de mes vapeurs, je suis sortie et je l'ai vue passer devant la cordonnerie, sans y jeter un regard et filant comme si elle avait le feu aux jupes.

– Bah ! observa Lulu. Elle a dû penser : j'ai fini mon boulot avec celui-là. Basta !

Mme Gustave regarda les deux hommes, haussa les épaules et dit :

– Il y a des choses que les hommes ne voient pas et que les femmes devinent.

Lulu l'imprimeur et Paulo le chiffonnier se regardèrent. Ils haussèrent les épaules. Tout cela revêtait-il quelque importance ?

– En route, dit Lulu.

Ils croisèrent deux soldats allemands. Paulo cracha par terre et expliqua :

– Ils ne le savent pas mais c'est sur eux que je crache !

– Fais gaffe quand même, dit Lulu, il y a d'autres manières de s'attaquer aux fridolins.

– Tu en connais, toi ?

– Peut-être.

Ils atteignirent, de l'autre côté de la place, une rue animée. Là se trouvait au fond d'une cour l'atelier de Lulu. Sur la devanture, sous son nom, on lisait MAÎTRE IMPRIMEUR. Paulo pensa : « Il ne se mouche pas du coude ! »

Maintenant, l'imprimeur montrait ses machines : le massicot pour couper le papier, la petite presse avec son plateau, ses rouleaux encreurs. Il expliqua qu'elle s'appelait « une Minerve », qu'autrefois elle marchait à pédale mais qu'aujourd'hui elle était électrique. Et puis, il y avait ces grandes boîtes plates appelées des casses, avec des cassetins pour chaque caractère. Il lui montra comment on plaçait les caractères dans un composteur. Derrière, la réserve de papier, des rames, cela était leur nom, des boîtes d'encre en pâte, une surface lisse en métal appelée marbre et toutes sortes d'outils : pinces, typomètre, galées...

Paulo poussait de petits sifflements d'admiration. Il se confia :

– Marc et ses chaussures, toi et tes papiers... et moi, rien, pas de métier, une vraie cloche.

– Les métiers, tu les as tous. Tu pourrais tout faire.

– Et je fais rien, dit Paulo en se tournant les pouces de manière comique.

– T'occupe pas du chapeau de la gamine, pousse la voiture ! comme on dit. Moi, je vais te faire bosser.

Bien que personne ne pût les écouter, il baissa la voix :

– Paulo, ta cave, qui sait qu'elle existe ?

– Rien que moi. Pas même la proprio, Mme Gustave. J'ai trouvé la trappe sous la poussière de charbon et des piles de vieux sacs. C'est mon secret. Il ne sert à rien, mais c'est mon secret.

– Garde-le bien ! Tu détestes les fritz, toi aussi ?

– S'ils étaient restés chez eux, peut-être pas. Mais là, même s'il se donnent des airs corrects, on sait tout le mal qu'ils font, pas seulement aux Juifs, mais à tous ceux qui sont des faibles. Je n'ai pas pu me battre.

– Tu as été réformé ? demanda Lucien l'imprimeur.

– Au conseil de leur truc, on était tous à poil. Les autres se payaient ma tronche. Je ne sentais plus nu qu'eux. Ils rigolaient parce que je suis comme je suis. Et les galonnés aussi. Ils ont dit que j'étais un squelette ambulant, que j'avais les pieds plats, que j'étais l'idiot du village, une sorte de déchet humain. Et avec un œil inutile, tu vois…

– Ne regrette rien. Tu n'aurais pas pu arrêter les nazis à toi tout seul.

– J'aurais essayé. Je serais mort ou prisonnier. J'ai compris plein de choses, malgré mon air con et ma vue basse.

– Tu auras ta revanche, ta revanche sur tout, sur le sort, sur nos ennemis. Pour ta cave, tu as peut-être déjà compris, mais on en reparlera. Je dois voir des camarades. Tu ne les connaîtras pas, mais eux te connaîtront. Assez sur ce sujet. Buvons un coup de cidre. C'est du bouché, pas de la gnognote !

« Trente-six métiers, trente-six misères ! » dit un proverbe. Paulo en apporta la contradiction. Chiffonnier, laveur de voitures, spécialiste des mille petits boulots, voilà qu'il nettoyait au pétrole les rouleaux d'imprimerie, qu'il apprenait à couper le papier. Au garage, un vieux mécano lui donnait des leçons par de petits travaux sur les moteurs. De plus, il regardait travailler Marc le cordonnier en enviant son savoir-faire.

Dès qu'il avait un moment, surtout le soir, il s'asseyait près de son ami sur un tabouret. Le silence, le travail. Il observait Marc, trouvait un contraste entre son beau visage, son visage d'ange et ses mains fortes, calleuses, rompues au travail. À sa surprise, Marc lui demanda un service :

– Je ne peux pas aller chez le coiffeur. Veux-tu me couper les tifs, pas trop court, mais assez pour que je n'aie pas l'air d'une fille.

Cela amusa Paulo. Un métier de plus : coiffeur. Il tailla dans la masse blonde avec quelque regret de voir tomber tout cet or. Il ne s'y prit pas trop mal. Marc le conseillait : pas trop sur ce côté, un peu plus derrière, tu ne fais pas de raie, tout en arrière comme si le vent soufflait devant moi…

Et voilà que le logis de Marc le cordonnier se transforma en cabinet d'esthétique :

– Paulo, si tu en profitais pour tailler ta barbe et même la raser. Tu serais plus à l'aise.

Cette proposition amusa le grand flandrin. Il coupa sa barbichette, se rasa et se découvrit tout autre. Des trois Pieds Nickelés, le nommé Ribouldingue venait de disparaître. Marc le cordonnier n'en resta pas là. Il lui demanda quel était l'état de son œil invisible.

– Il est comme l'autre. Pas de blessure, rien, normal. La seule différence : il ne voit pas.

– Alors pourquoi ce bandeau noir qui te donne l'air d'un pirate ?

– Pas pour les autres, dit Paulo, mais pour moi. Je ne veux pas que l'œil qui voit regarde l'œil qui ne voit pas.

– C'est dingue ! dit Marc, complètement dingue. Je vais te donner les lunettes teintées de mon père. Tu seras un autre.

Paulo résista, mais finit par céder. Il ôta le carré noir et apparut un œil dont on ne pouvait imaginer la cécité.

Ainsi, un deuxième personnage des Pieds Nickelés disparut, le nommé Filochard. Il ne resta que le long nez de Croquignol et Marc observa qu'il donnait du caractère à son visage allongé. Il tendit un miroir à son ami qui protesta :

– Non, non ! Ce type, c'est pas moi. Rends-moi mon bandeau tout de suite.

– Rien à faire ! Pour une fois que je te demande quelque chose qui me tient à cœur, tu refuserais, toi qui me donnes tout ?

– Sûr que non ! rétorqua Paulo d'un ton d'enfant boudeur.

– Et puis, dans ta collection, tu pourrais trouver un meilleur pantalon.

– J'en ai, ça, j'en ai, mais ils sont toujours trop courts.

– Comme ça, on verra tes belles bottines. Et puis, je suis sûr que Mme Gustave va allonger le bénard.

En si peu de temps, Paulo fut en partie transformé. Il marcha d'un pas plus assuré, ne rasa plus les murs, se sentit envahi par de nouvelles forces, une renaissance de tout son être. Et quelle stupéfaction chez les autres, ceux de la rue triste, la plus impressionnée étant la bien-aimée d'un amour platonique, Mme Gustave qui représentait pour le géant maigre le sommet de la beauté féminine.

Doté de ses nouvelles armes, il se rendit chez son copain l'imprimeur qui laissa échapper sa stupéfaction :

– Mais, Paulo, maintenant, tu as une tronche d'intellectuel. Tu pourrais passer pour un maître d'école.

– C'est un coup de Marc.

– Celui-là, s'il a perdu l'usage de ses jambes. Il a toute son énergie dans sa tête.

– La mienne aussi va très bien, jeta Paulo. Alors, finies les cachotteries. Ma cave, tes airs mystérieux, tout ça. Ma cave serait une bonne cachette mais pour quoi ?

– Toi alors ! Es-tu capable de fermer ton clapet ?

– Je suis capable de tout ! dit Paulo.

– Avant de parler, je dois demander aux camarades…

– Et moi, je ne suis pas ton camarade ?

Ce jour-là, Paulo finit par tout apprendre. Le rôle de Lucien l'imprimeur et de beaucoup d'autres de par la ville. Celui qui pouvait lui être dévolu quand tout serait prêt. Et cette cave apte à recevoir dans le secret tant de choses, peut-être même des êtres humains.

Oui, Paulo ce jour-là devint un autre. La détermination, la fierté l'habitèrent. Il n'était plus ce clochard, cet être en marge, ce réprouvé. Il serra les poings. Rien ne changerait dans l'apparence de sa vie : les petits métiers, mais aussi les soirées avec Marc, les visites à Mme Gustave émerveillée et étonnée de son changement. Quant au grand secret, il resterait celui de lui-même et de l'imprimeur. Toute confidence pourrait être fatale à qui la recevrait. Il en fit serment même si cela lui paraissait inutile. Il savait tenir sa langue !

Ce qu'il ignorait : Marc le cordonnier gardait lui aussi un secret et cela depuis bien avant le fatal accident.

La rue triste était aussi une rue d'espoir.

Six

Les doigts de Lucien l'imprimeur voletaient comme des oiseaux au-dessus de la casse posée sur un plan incliné. Avec rapidité, il recueillait les caractères d'imprimerie marqués sur le côté d'une petite encoche pour qu'il ne soient pas placés à l'envers. Et, peu à peu, ces lettres de plomb formaient des mots puis des phrases. Pincée sur une barre transversale, la copie délivrait le message à imprimer. Lucien la déchiffrait comme un musicien sa partition, plaçait à bon escient les espaces, les cadratins, les interlignes et il y prenait du plaisir.

Les textes étaient fournis par des anonymes. Après les avoir rédigés, ils les remettaient à une vieille femme qui les apportait, cachés dans ses vêtements misérables, à celui qui allait les reproduire. L'ensemble formerait un mince journal de quatre pages, assez petit car la machine ne pouvait accueillir de grands formats.

Ces pages, Lucien ne les lisait qu'après avoir tiré à la brosse plate tapotant la composition encrée et pratiqué quelques aménagements. Ces écrits, il n'en connaissait pas les auteurs. Le plus important s'attaquait aux mensonges de la presse officielle, démontant et démentant de fausses informations, rétablissant la vérité sur les crimes, les exactions, les drames, les vilenies. Il montrait le vrai visage des dirigeants, exprimait sa foi en l'avenir démocratique. Il disait quelle était exactement la situation militaire de l'ennemi, ses défaites à l'Est. Le mot « camarade » revenait souvent et aussi « république » ou « liberté ». D'autres qui n'avaient jamais écrit auparavant parlaient de France libre, de maquis, de résistance, reprenaient des paroles entendues à la radio de Londres. Des hommages aussi aux martyrs, aux déportés dont on ne savait ce qu'ils étaient devenus, aux fusillés, aux torturés. En dernière page, s'il restait un peu d'espace, Lucien l'imprimeur glissait un court poème, naïf, mal construit mais enflammé qu'il tenait d'un apprenti dans le métier travaillant dans un autre arrondissement.

Ce modeste journal serait déposé dans les boîtes aux lettres au bas des escaliers dans les immeubles, dans les écoles ou bien affiché. Les exemplaires devaient quitter bien vite l'imprimerie et là intervenaient toutes sortes de gens qui n'avaient pour identité qu'un mot de passe.

Paulo fut chargé d'aller chercher en triporteur des rames de papier format coquille que fournissait une entreprise située assez loin, près du canal Saint-Martin. Il entreposait aussi le journal dans sa cave.

Dans cet endroit caché, Lucien et lui procédèrent à des travaux. Ils creusèrent et finirent par découvrir un étroit passage conduisant aux égouts. Ils aménagèrent des paillasses, des lieux d'aisances, apportèrent de vieilles couvertures, de nombreuses bougies. Une fois de plus l'énorme bazar du chiffonnier apporta un peu de ses trésors.

Une autre préoccupation fut de trouver des vivres, surtout non périssables et de les placer dans un coffre bien clos pour éviter les dommages des rats. Lucien, même s'il n'était pas assuré de recourir à ces besoins, voulait tout prévoir.

L'aide précieuse de Paulo, ses bonnes idées apportèrent beaucoup à ces aménagements. Il préparait toute chose comme s'il s'agissait d'un jeu. Lui aurait-on parlé de patriotisme ou de résistance qu'il n'aurait pas tenu ces notions pour réelles. Simplement, comme il l'avait fait durant toute sa vie soit pour subsister, soit par un obscur besoin d'apporter de l'aide, il agissait. Et voilà qu'avec Lucien se développait une amitié, née à la petite école comme avec Marc le cordonnier, mais d'une autre manière, c'est-à-dire amicale alors qu'avec Marc, Marc l'athlète, Marc qui courait, Marc défait par la vie, le mot fraternité s'imposait.

Paulo, celui dont on se gaussait, dont le physique prêtait à rire, Paulo démuni de ce que l'on appelle « le savoir », à son entourage restait le plus réceptif. Jamais l'ombre d'une critique des autres ne le traversait. Il jugeait tous et chacun comme lui étant supérieurs en quelque endroit. Homme de regard, d'écoute, homme d'admiration, ce qui lui apportait du bonheur était le geste de l'autre, non point les belles paroles mais plutôt cette union étrange de la tête et des mains. Comme il aurait voulu connaître quelque métier, pouvoir être un professionnel de ceci ou de cela. Voilà pourquoi il passait tant de temps auprès des artisans, non seulement le cordonnier ou l'imprimeur, mais aussi les mécaniciens du garage, l'horloger de la place, le vitrier ou le maçon, le rémouleur ou le menuisier. En un temps maudit dont on ignorait encore toutes les épouvantes, lui qui n'avait pas de métier, à qui nul n'avait appris les grandes résolutions, la morale supérieure, les valeurs de la civilisation, d'instinct se tenait prêt à donner la main, c'est-à-dire à donner « un coup de main », pour être proche de l'artisan admiré. De la rue triste à tout le quartier, s'étendait la plus belle des salles de spectacle, là où, figurant plus qu'acteur, il allait côté cour ou côté jardin pour offrir sa présence, pour voir, entendre, aider, jouir de tous ses sens dans une indicible communion.

Marc le cordonnier s'était réfugié dans le travail et dans le silence. Il ne s'interrogeait pas sur son état, il le subissait, il n'en tirait aucune philosophie, trop occupé à vaincre toutes sortes de difficultés quotidiennes, ainsi aller du lit au fauteuil roulant, se raser, se laver du mieux qu'il pouvait, faire ses besoins avec tant de difficultés et, par pudeur, sans avoir recours à l'aide, enfin à effectuer ce court voyage jusqu'à son atelier et à redevenir ce qu'il était avant le drame : ce réparateur de chaussures, ce possesseur d'un métier et de son savoir que rien ne pouvait lui ôter.

La nuit tombe sur la rue triste. Chacun est rentré chez soi. Les rideaux sont tirés, les volets fermés. Le couvre-feu. Comme en d'autres temps, celui du veilleur de nuit que Marc avait entendu dans *Les Huguenots* de Meyerbeer : *Dormez, habitants de*

Paris. Tenez vous clos en vos logis. Que tout bruit meure. Quittez ces lieux. Car voici l'heure, l'heure du couvre-feu... Car si Marc restait un fervent de lecture, il aimait plus que tout la musique. Il l'écoutait avec difficulté sur le petit poste de TSF que lui avait offert son patron. Les parasites blessaient le chant et il devait souvent, en quelque sorte, le décrypter fredonnant lui-même, cela quand il se retrouvait seul : dès qu'un visiteur, surtout Paulo, l'ami des longues soirées, apparaissait, il observait le silence, la politesse du silence.

Paulo a déplié les panneau de bois de la cordonnerie. Il a préparé le modeste repas du soir de son ami. Lui-même oublie souvent de manger. Son long corps maigre, son visage au grand nez, son unique œil étincelant, tout en lui pourrait faire penser à quelque ascétisme que l'intéressé ignore.

Marc est assis derrière cette épaisse construction de bois qui date du temps de son grand-père. Sur le côté droit, un meuble à tiroirs, contenant clous, colle, chutes de cuir, matériaux de toutes sortes, outils. La table de travail est, elle aussi, encombrée des instruments en désordre autour du pied de métal accueillant ces chaussures malades que les mains habiles vont guérir. En face du cordonnier, rayons et casiers que l'infirme ne peut atteindre. Là, intervient l'aide de l'ami Paulo ou, parfois, celle d'un client. Et lui, Marc, règne sur ce minuscule espace de la rue triste, elle-même au cœur d'une capitale et qui paraît hors de l'espace comme hors du temps.

Si le sort a volé les jambes de Marc, ne pourrait-on croire que leur énergie perdue s'est en fait répandue dans le corps actif et dans tous les sens de cet homme jeune au si beau visage ? Sans être insomniaque, il dort peu. Alors, il lit. Paulo s'est rendu à la bibliothèque municipale de l'arrondissement. Il a fait inscrire Marc en expliquant son cas et c'est lui qui va chercher les livres qu'on prête à raison de deux exemplaires à la fois. Marc lui a donné une liste de noms d'auteurs que Paulo ignore, surtout des livres romanesques de grands auteurs du siècle précédent et du début du siècle présent qui glisse dans la douleur vers sa moitié.

Ces textes sont si attirants que Marc en oublie le sommeil. S'il s'endort, souvent fort tard dans la nuit, c'est toujours avec un livre ouvert posé sur sa poitrine. Durant ces courts abandons, le rêve le visite. Souvent le même : comme un oiseau guéri de ses ailes blessées, il survole la ville, il se pose au sol et là, il court, il court dans les rues, il atteint la banlieue, la campagne, il court dans les champs, dans les bois, dans les vallées, il gravit les montagnes. Lorsqu'il s'éveille il s'étonne de son souffle court, essoufflé comme s'il avait vraiment couru, dans le réel et non dans le rêve. Et ce rêve le poursuit dans un court temps d'éveil jusqu'à ce qu'il tente un mouvement et s'aperçoive qu'une part de son corps, qu'il appelle « son corps d'en bas », ne répond pas à ses appels. Il lui arrive de pleurer, d'oublier de sécher une larme et de remplacer le chagrin par la résolution : celle d'effectuer tant de gestes qui seraient si faciles sans son mal et qui se transforment en une foule de difficultés qu'il faut vaincre et qu'il vaincra.

Il lui arrive de s'apercevoir qu'il n'est pas seul : Paulo est resté, il s'est endormi n'importe où : sur le sol dur ou dans le creux d'un antique canapé éventré. Paulo sait qu'il doit se tenir discret. Il fait quelques pas pour sortir, déplier les volets, allumer le feu dans le petit poêle au long tuyau courbe, faire chauffer de l'eau pour quelque bouillon ou du faux café quand il y en a. Il songe à aider Marc mais il sait qu'il ne faut pas : une intimité à protéger. Alors, il aligne des outils du mieux qu'il peut, il balaie, il s'échappe pour un saut chez Mme Gustave. Il cisèle un madrigal comme si la nuit l'avait inspiré. Il parle au comptoir avec les ouvriers du petit matin. Il trouve parfois quelque vieille blague à raconter. Les autres font comme s'ils ne l'avaient jamais entendue.

Souvent se trouve là une personne du sexe, comme on dit, et cela pourrait avoir une double signification. On dit que c'est une lointaine cousine de Mme Gustave. Elle a un curieux nom ou un sobriquet, on ne sait : Rosa la Rose. Tous connaissent son métier : travailleuse de la nuit. Aucun parlant d'elle ne prononcerait le mot « putain » ou « prostituée ». Au mieux on dit : « C'est une cocotte », et cela a un petit air gentil d'autant que Rosa la Rose ne glousse pas. Elle a une voix rauque, elle engueule ou enguirlande volontiers qui ose lui manquer de respect. Elle est « à la bonne franquette ». Avec sa longue jupe plissée noire, ses corsages noirs aussi en tissu brillant, elle tient autant de la marchande des quatre-saisons que de la belle de nuit. Elle peut être silencieuse ou animée de l'envie de « faire péter sa grande gueule », selon sa propre expression. Parfois, elle s'affirme comme « garçonnière », parfois sa féminité prend le dessus et un air tendre apparaît sur ce visage assez beau mais prématurément vieilli. Elle adore mettre en boîte avec des propos comme : « Te voilà, toi ! Alors toujours aussi… », et intervient quelque terme argotique pas forcément méchant. Par exemple, elle adore titiller le long Paulo mais jamais elle ne ferait allusion à son physique : elle en a tant et tant vu. Et

Paulo s'adresse à elle en lui conférant quelque titre, comme comtesse ou duchesse.

Sans doute pourrait-on la voir comme le contraire de cette sœur Évangeline qui continue à visiter de loin en loin quelques personnes en difficulté de la rue triste. Ainsi, ce matin-là où Paulo l'aborde :

– Alors, ma sœur, on ne nous oublie pas ? Comment se porte le bon Dieu ? Vous lui direz bonjour de ma part. Toujours content de vous voir. Mais il y en a un que vous ne visitez plus, le pauvre Marc. Je suis sûr qu'il se languit de vous mais il le dira jamais à personne. Pourquoi l'avez-vous abandonné ?

– Il n'a plus besoin de moi. Dieu m'a placée près de lui au moment où il le fallait. Maintenant, c'est fini.

– Vous pourriez au moins passer lui dire bonjour !

– Oui, je pourrais. Plus tard, peut-être. Enfin, je ne sais pas…

Et ils se quittent. Paulo pense que les femmes, ces êtres qu'il ne connaît guère, sont toutes pleines d'un mystère que l'homme ne peut percer. Il se dit : « La bonne sœur, c'est dommage ! » mais il ne saisit pas bien ce que lui-même veut dire. Il hausse les épaules.

L'hiver touche à sa fin. Les jours lentement allongent. L'année 1944 a pris naissance. Le soir, la rue triste s'endort. On se couche tôt. Mais Marc le cordonnier travaille très avant dans la nuit. Des piles de chaussures attendent leur résurrection. Pour les gens pauvres, il faut qu'elles tiennent le plus longtemps possible. Marc est le médecin de cette partie de l'habillement qui ne lui est plus nécessaire. Il porte des charentaises. Il pourrait être chaussé de n'importe quoi ou même ne pas être chaussé du tout puisque la position verticale lui est refusée.

Paulo, à ses côtés, assis sur un tabouret, ne cesse de le regarder travailler. Il prend plaisir à observer chacun des gestes de son ami, un peu comme s'il les effectuait lui-même. Marc a même plaisanté : « "Les cordonniers sont les plus mal chaussés", tu vois… Un proverbe qui dit vrai dans mon cas. »

La veille, il a demandé à Paulo de descendre à la cave. La cave : Paulo a pensé à la sienne. Servirait-elle un jour ? Marc a montré à son ami un panier ovale en osier qu'il appelle « une panière ». Ce fut son premier gîte, son berceau lorsqu'il était un bébé.

– À la cave, dit-il, on trouve des amas de ruines qui, naguère, protégèrent des pieds, souliers de gauche et de droite liés par des lacets, des brides ou des boucles comme des couples unis. Là, tu vas trouver en triste état empeignes, quartiers, tiges, contreforts, talons et semelles de toutes sortes, trépointes, brides et pattes, œillets, lacets, boucles et boutonnières… Tu empliras chaque jour une panière avec ces trésors réunis depuis mon grand-père et bien avant. Regarde aussi s'il n'y a pas de vieux outils, alènes, formes, marteaux, pointes, clous et vis, tranchets et lissoirs, j'en passe… Tu es mon assistant, mon second, je t'apprendrai tout. Tu commenceras par dépiauter ces trésors et, en un temps où tout manque, j'habillerai les chaussures d'aujourd'hui de parures d'hier. Nous allons passer des moments merveilleux…

Le grand Paulo est moins enthousiaste. Sa bouche s'ouvre sur un grand sourire un peu niais. Il répète : « Oui, oui… » Marc parle de ces vieilles godasses comme de choses rares, de pierres précieuses ou de bijoux. Il n'empêche : sa curiosité est éveillée. Et si, derrière ce fatras, il découvrait quelque vieilles bouteilles de pinard, ce serait une bonne surprise.

Ainsi a-t-il répondu à la demande de son ami. Si décevante que fût la récolte, lacets et cuirs furent triés et nettoyés. On en arriva à décrotter, astiquer, mettre en forme, recueillir…

– En fait, dit Paulo, je ne veux pas devenir cordonnier. Si je faisais uniquement ça, je ne ferais pas autre chose…

– Écoute quand même la leçon. Vois-tu, il y a plusieurs techniques. Ma préférée est le « cousu » mais il faut tenir le soulier entre ses genoux comme dans un étau et je ne le peux plus. Restent le cloué, le vissé, le collé. Le plus facile pour moi, ce sont les clous.

Ces longues soirées sous la lampe, les deux garçons isolés de l'extérieur, échangeant des propos ou restant silencieux, ces moments où un travail terminé, Paulo mettait la dernière main en cirant, astiquant, faisant briller le cuir, ce temps hors du temps, loin des soucis de l'époque, comme il était précieux !

Le plus étonnant : chacun gardait un secret, non par méfiance, mais pour protéger l'autre de trop en savoir. Pour Paulo, il s'agissait des journaux et des tracts imprimés par Lucien, le plus difficile étant de les cacher et de les diffuser. Pour Marc le cordonnier, il s'agissait d'autre chose : un travail d'apparence loin d'une action que son infirmité lui interdisait mais fort utile.

Qui se serait méfié d'un artisan au corps amoindri qui, de plus, savait jouer la comédie d'être étranger à toutes choses qui préoccupaient les êtres humains en lutte ?

La participation de Marc le cordonnier avait été tardive. Il ne savait de la guerre que les récits épouvantables qu'il avait entendus dans sa petite enfance de la bouche de poilus amis de son père. Il pensait à cette génération décimée, à un tel immense malheur réparti entre tant de familles brisées.

Un homme plus très jeune, ancien compagnon de son père, l'avait visité quelques semaines avant l'accident. Il avait convaincu Marc de ne pas rester neutre et Marc avait accepté de faire partie d'un groupe actif. Plus tard, cet homme revint et trouva le malheureux Marc dans l'état où le sort l'avait réduit. Ils parlèrent longtemps.

Marc le cordonnier, soldat sans armes, devint ce qu'on appelait « une boîte aux lettres », la cordonnerie un lieu de liaison. Le danger ? Marc n'y pensait même pas. Mourir ? Il ne se regretterait pas lui-même. Une partie de son corps n'était-elle pas déjà morte ? Resterait le regret du métier, celui de quelques camarades et surtout Paulo, l'inséparable.

La sœur Évangeline, la « bonne sœur », comment pouvait-elle croire à ses bondieuseries en un temps aussi atroce ? Après tout, elle avait de la chance. L'immortalité, quelle blague ! Marc, le libre-penseur, riait à la pensée qu'il pourrait se retrouver dans quelque paradis où il fabriquerait des chaussures pour les saints et les anges. Non, ils devaient aller pieds nus... Mauvais pour le travail !

S'il pensait à sa bienfaitrice d'un temps donné, il éprouvait autant de colère que de reconnaissance. Pour lui, elle avait fait son travail comme une fonctionnaire. Pas une visite, pas un mot, rien ! Un dossier refermé, on passe à un autre.

Mme Gustave, elle, restait fidèle en amitié. Il lui donnait ses tickets de ravitaillement par Paulo et elle faisait plus que de les honorer. Non seulement, elle préparait son repas de midi mais elle trouvait toujours moyen d'y ajouter quelque douceur, petit gâteau ou flacon de vin. Elle lui avait aussi envoyé une étrange messagère, cette mystérieuse Rosa la Rose. Elle s'était plantée en face de lui, l'avait regardé longuement et lui avait demandé :

– Mme Gustave m'envoie. Vous n'avez besoin de rien ?

– Non, merci. Tout va bien. Merci pour votre amabilité.

– Vraiment besoin de rien ?

Rosa la Rose regardait Marc le cordonnier, lui offrait un étrange sourire, disait des mots dont il ne comprenait pas la signification et même parfois qu'il n'entendait pas car elle chuchotait. Elle sortait en haussant les épaules, tournait la tête avec un geste de coquetterie. Marc entendait :

– Si vous avez besoin de moi, dites-le à Mme Gustave, simplement mon nom Rosa la Rose, elle comprendra et je serai là.

Et Marc le cordonnier revenait à son cuir et à ses clous. Le monde parfois lui paraissait étrange, incompréhensible. Le mystère, les mots à voix basse, il connaissait. De faux clients lui apportaient des chaussures, parlaient d'un ressemelage qui n'existerait pas. Dès le début des échanges de paroles, un code de conversation, demandes et réponses, paroles banales, était le signe de ralliement. Plus tard, une femme, un homme viendrait reprendre ces souliers ou d'autres selon une convention. Ainsi des messages secrets, codés, dont Marc ignorait le plus souvent la signification, s'échangeaient. Le cordonnier ignorait qu'il s'agissait là de toute la vie de réseaux en rapport avec Londres. Il arrivait que tout cela lui parût absurde, une sorte de jeu dont il ignorait les règles mais à quoi il adhérait un peu comme un croupier de casino qui se contente de faire tourner la roulette en ignorant où la boule s'arrêtera.

Sept

La chose la plus étonnante : Marc, en dépit de ses très bas tarifs, gagnait bien sa vie, cela grâce à son travail ininterrompu et à l'absence de concurrence dans ce quartier. Les clients vantaient l'excellence de son travail et cela faisait tache d'huile.

Ainsi, chaque fois que Paulo le longiligne travaillait pour lui, il lui offrait un petit salaire. Une des difficultés de la profession restait de trouver le matériau indispensable : le cuir. Cela nécessitait des déplacements et Paulo le multiple devenait garçon de courses. L'ancien patron de Marc le visitait et comme il avait « ses combines » le dépannait souvent.

Paulo, roi du système D (c'est-à-dire, tout le monde le sait, « système débrouille » ou plus communément employé « système démerde ») dont tant de gens avaient besoin durant ce temps de vaches maigres. Et voilà que Paulo, une fois de plus, se révéla comme un inventeur dans un domaine qui lui était étranger.

Un représentant de commerce proposa à Marc des semelles de bois. Devant un refus, il laissa un échantillon, une carte de visite et affirma qu'un jour on serait bien obligé de recourir au bois comme jadis, et même encore dans les campagnes, les sabotiers.

Marc examina cette semelle de bois fort bien taillée pour le confort du pied. Le représentant lui avait même laissé la paire. Du bois ? Non vraiment, cela ne plaisait guère à Marc. Et puis quel bruit cela devait faire retentir sur les trottoirs. Finalement les semelles de bois échurent à Paulo qui les emmena dans sa remise, les contempla et se plongea dans les réflexions de sa tête imaginative. Il se « creusa le ciboulot ». Après quelques jours, il aurait pu crier « Eurêka » s'il avait connu ce mot. Il pensait plus simplement : « L'ami Marc, je vais lui en fiche plein la vue ! »

Ainsi, il arriva fièrement un matin dans l'échoppe tenant à la main un pneu en pas trop mauvais état et deux descentes de lit, tout cela extrait de ce qu'il appelait son fourbi ou son bazar.

Quand il arriva, il déplia les volets et vit que Marc travaillait déjà. Non sans solennité, il déposa le pneu sur un côté de la table et non loin les descentes de lit. À sa surprise, Marc parla le premier :

– Un pneu. Tu en as beaucoup ?

– Presque autant que je veux. Par exemple, tu pourrais…

– Oui, l'interrompit Marc, à défaut de cuir, je pourrais y tailler des semelles.

– Juste Auguste ! s'exclama Paulo.

– Ce ne serait pas l'idéal, mais enfin… Pourquoi ces tapis ?

– Là aussi, j'en ai plein. Et aussi de vieilles carpettes. Alors, j'ai pensé… Ah ! ah ! là tu ne devines pas.

– Je donne ma langue au chat.

– La semelle de bois, si tu ajoutes une semelle de caoutchouc, enfin de pneu, il n'y aurait plus de bruit de marche.

– Plus facile à dire qu'à faire. Et le tapis, là vraiment je ne vois pas.

– Je vais te montrer. Le tapis, tu le tailles, tu l'assouplis, tu fixes à la semelle de bois et là tu as presque une chaussure.

Ce fut un jeu à quoi les deux amis s'adonnèrent le soir. Cette confection, y croyaient-ils vraiment ? Entre Paulo l'inventeur et Marc le metteur en œuvre, la collaboration était précédée de longues discussions. Les descentes de lit au dessin vaguement orientalisé se prêtaient peu à la mise en forme nécessaire pour épouser le pied. Il fut malaisé de les domestiquer. Après de nombreux essais de lissage, l'emploi de la vapeur, les créateurs y parvinrent.

Restait cette semelle de bois dont Marc stigmatisait tous les défauts. Le cuir, lui, permettait d'épouser le sol grâce à sa souplesse. Chaque pas devenait un baiser posé sur la terre. N'importe ! l'idée prenait sa marche. Un cordonnet assurant la liaison entre laine et bois, de la colle puis des clous de cuivre formant une frontière, le caoutchouc des pneus morts atténuant le choc, cette nouvelle technique mit longtemps à s'élaborer. Puis le chef-d'œuvre digne des meilleurs ouvriers de France vit le jour sous les yeux éblouis de deux hommes si différents contemplant leur réussite : une chaussure comme on n'en avait jamais vu.

Il parut nécessaire de lui donner un nom. Le vocabulaire de Marc le cordonnier, de Marc le lecteur de tant de livres, se déploya en vain. Et ce fut Paulo qui, se référant au dessin de la descente de lit découpée, proposa de baptiser cette paire de chausses improbables du nom de L'Orientale.

On n'en resta pas là. Paulo apporta d'autres fragments de tapis, et même une antique tapisserie usagée dont on garda le meilleur. Une commande fut passée au producteur de semelles de bois, un jeune homme qui avait son atelier du côté de la rue Louis-Blanc. Toujours par jeu, Marc et Paulo multiplièrent les créations, ce qui dura quelques semaines.

Les paires de souliers étranges furent exposées en vitrine, cette vitrine que Marc désirait garder sale. Paulo en nettoya néanmoins le bas et l'on vit des personnes de la rue triste s'arrêter devant cette exposition inattendue. Sans doute a-t-il mieux valu que les deux garçons n'entendent pas les commentaires souvent peu favorables. Une curiosité fut que les enfants surtout apportèrent leur intérêt.

Voilà, la chose faite, il ne restait qu'à revenir au travail quotidien. Les étranges chaussures, nul ne songeait à les acheter. Sans doute les prenait-on comme une sorte de réclame ou d'enseigne, mais qui aurait osé porter des souliers aussi étranges et trop voyants ?

Il n'importe, les deux copains, une fois de plus unis, avaient inventé quelque chose, une absurdité, une aberration sans doute mais des objets ayant une existence.

Ils finirent par ne plus y penser. Il en resta quelque chose : l'utilisation des pneus pour parfaire quelque ressemelage. Et la vie continua pour Paulo le mobile allant de la cordonnerie à la petite imprimerie de Lucien, de chez Mme Gustave à sa remise où il ne cessait de ranger et d'inventorier, enfin à sa cave secrète qui, bientôt, servirait à cacher des résistants recherchés par la police ou ayant rejoint la métropole par les airs.

L'auteur de ces lignes, après tant de livres, prend plaisir à conter cette histoire, à s'attarder avec les personnages, à parcourir la ligne de la rue triste. Quelques êtres, tant d'autres dont il faudrait parler, chacun ayant son histoire personnelle, sa vie, son quotidien banal parfois, mais toujours intéressant car chaque homme, chaque femme, chaque enfant porte en lui-même son propre roman.

J'ai déjà choisi un titre : *Le Cordonnier et la Petite Fille*. Me demandera-t-on de le changer ? J'ai aussi pensé à cet autre *Le Cordonnier de la rue triste*. Si je m'en tiens au premier, qui me lit va penser : « Marc le cordonnier, on le connaît, et aussi Paulo, Lucien, quelques autres, mais qu'en est-il de "la petite fille" ? »

Elle habite en face de la cordonnerie, au premier étage. Je la vois à la fenêtre. Ses mains sont arrondies sur ses yeux comme des jumelles. Elle s'efforce, à travers les vitres propres de son logement et la vitrine sale de la boutique, de voir travailler le cordonnier. En vain. Alors, elle va s'asseoir auprès de sa grand-mère qui tente de glisser un fil dans le chas d'une aiguille.

Quelques immeubles plus loin, un ancêtre mourut terrassé par l'âge mais aussi par la solitude et les privations. Il fallut cette fin et la découverte du cadavre plusieurs jours après son décès pour que les gens de la rue triste se souviennent de cet homme qu'on n'avait connu que dans son vieil âge comme s'il n'avait vécu d'autres temps, une enfance, une jeunesse au siècle précédent, et puis la Première Guerre mondiale d'où il était revenu en piteux état, blessé, gazé, infirme. De quoi et comment avait-il vécu ?

Pour ses frais d'enterrement, Mme Gustave fut à l'origine d'une quête. Les voiles noirs furent déployés devant la petite porte de l'immeuble. Le jour de la cérémonie, la rue se vida. Tous, même ceux qui ne le connaissaient pas, suivirent le cortège de l'abandonné. Seul Marc le cordonnier resta, continuant son travail. Il médita sur cette mort. Il pensa à l'église, au cimetière, sans doute celui des pauvres. Lui n'avait à offrir que ses pensées sans savoir que certaines d'entre elles sont proches de la prière. « Faites que mes amis ne soient pas touchés, faites qu'ils vivent ! » À qui s'adressait-il puisque Dieu pour lui n'existait pas ? Non, ses amis ne pouvaient disparaître. Jeunes, pleins de vie, comment pourrait-on les arracher à cette terre ? Et lui-même, le sort l'avait épargné, il avait laissé comme un tribut la paralysie d'une moitié de son corps. Il pensa qu'il aurait pu mourir dans cet accident ou devenir aveugle, perdre ses bras travailleurs. Son état lui parut moins terrible. Ce vieux mort, on l'oublierait. Son enterrement devenait peut-être le seul jour d'attention à lui dévolu.

Marc pensait souvent à sœur Évangeline. Il revoyait ce visage penché sur lui, il entendait ses paroles de réconfort, le chuchotement de ses prières. En s'adressant à son Dieu, ne s'adressait-elle pas à lui-même allongé sans forces sur un lit d'hôpital ? Pourquoi ne la voyait-il plus ? Lui avait-il manqué de respect en refusant sa croyance ? Quelque parole inconsidérée sortie de sa bouche ? Le fait qu'elle le jugeait sauvé, apte à reprendre vie et métier ? Pourquoi revenait-elle si souvent dans la rue triste ? Des rues il en est tant et tant dans la ville souffrante.

« La rue triste ». On employait moins cette dénomination. Peut-être parce qu'on pouvait l'attribuer à tant d'autre artères ? Il arrivait qu'on dît : « La rue qui traverse, vous savez bien ? La rue Trucmuche qui n'a plus de plaques, la rue Machin... » Ou bien parce qu'un de ses rares attraits, avec le bistrot de

Mme Gustave, était cette boutique de cordonnier qui pratiquait des prix peu élevés et dont le maître subissait sans tristesse son infirmité. Ainsi disait-on parfois « la rue du cordonnier ».

Un enterrement, cela ne dure que quelques heures. Puis les gens regagnent leur logis. Beaucoup des assistants ne se connaissaient pas auparavant. Ils revinrent par petits groupes pour s'enfermer dans leurs quatre murs, cette protection.

Sœur Évangeline fut prévenue de la cérémonie quelques jours plus tard. Se produisit-il quelque rapprochement inattendu dans sa pensée ? Elle décida enfin de visiter son malade, Marc le cordonnier. Ce ne fut pas sans hésitation. Elle dut faire appel à son courage, éloigner de secrètes pensées. Et puis elle abaissa le bec-de-cane et se trouva devant l'homme aux chaussures. Paulo était présent. Il salua et prétexta une course urgente pour sortir. Fort curieux chaque fois que Marc recevait quelqu'un, Paulo s'éloignait. Cela arriva deux ou trois fois, en particulier lorsque Rosa la Rose lui rendait visite avec chaque fois cette phrase mystérieuse : « Vous êtes sûr que vous n'avez besoin de rien ? » La sœur allait-elle lui poser semblable question ?

Marc s'appuya sur les bras de son fauteuil roulant comme pour se lever, mais il retomba et dut s'agripper à sa table de travail. La sœur s'assit près de lui sur le tabouret de Paulo. Elle lui prit la main.

– Cette main, dit-elle, on voit que vous travaillez beaucoup, Marc, une bonne grosse main calleuse…

– Ah ? Tiens, je n'avais pas remarqué, ma sœur !

– Quand vous prononcez « ma sœur », c'est toujours avec ironie. Comme si vous vous moquiez de moi.

– Jamais je n'oserais. Le sort a fait que je n'ai pu dire des mots comme « papa » ou « maman ». Si j'avais eu une sœur, je ne l'aurais pas appelée « ma sœur », mais par son prénom. Et si je vous appelais « Évangeline » ?

– Non, il ne faut pas. Ce serait… enfin, hors de propos. Comme si la religion disparaissait de ma vie. Et puis… Marc, vous me mettez dans l'embarras…

– Je ne le ferai plus, sœur Évangeline, dit Marc.

Pourquoi le visage de la sœur devenait-il si rouge ? Marc pour dissiper la gêne demanda :

– Que pensez-vous de mon fauteuil ? C'est Paulo qui l'a construit.

– Il est curieux et magnifique. Mais je pourrais vous en faire obtenir un vrai, enfin je veux dire : plus pratique.

– Oh non ! Jamais. Que penserait Paulo ?

– Je crois pouvoir le convaincre. Mais comme vous voudrez. Ces… chaussures un peu étranges…

– C'est lui aussi. Paulo est un inventeur.

– Il est tellement autre depuis qu'il a rasé sa vilaine barbe, depuis qu'il porte des lunettes.

– Oui, dit Marc, mieux physiquement. Mais à l'intérieur, il est le même, un type épatant. Une question : quel est votre nom, sœur Évangeline ou « ma sœur » si vous préférez ?

– Il n'a pas d'importance. Il vous choquerait peut-être. C'est un nom d'avant la Révolution, le nom d'une famille attachée aux rois de France. Moi, je suis attachée à Dieu, c'est tout. Je vois que vous lisez. Vous aimez les livres ?

– Oui, ceux qui parlent de la vraie vie. Pas ceux que vous lisez, vous les religieuses.

Sœur Évangeline sourit.

– Les livres que nous lisons, nous les religieuses ? Vous seriez bien étonné. Nombre d'entre nous sortent des grandes écoles, sont licenciées ou même agrégées. Elles s'intéressent à la philosophie, au droit, aux mathématiques…

– Je vois que je suis un ignorant, pardonnez-moi.

– Ignorant ? Je regarde les fruits de votre travail. Aucune d'entre nous ne saurait le faire. Et vous lisez de bons livres. Je vois Balzac, Flaubert… Mais oui, je les ai lus. Nous sommes plus proches que vous ne le croyez.

Marc lui reprit la main, la serra. Ils restèrent muets, immobiles. Elle dit : « Marc je... », puis reprit sa phrase : « Marc je dois partir ! »

Elle se dégagea d'un geste brusque, se retourna, ses yeux étaient humides. Elle se précipita vers la porte et dit des mots d'une voix brisée :

– Vous... Moi... Qui pourrait savoir ? Que le Seigneur vous bénisse, Marc, mon Marc.

Marc le cordonnier a reçu pour don la candeur. Il ne peut comprendre. Tant de choses au monde lui paraissent incompréhensibles, la guerre, la mort, l'abandon, les questions sans réponses. Il voit la porte se refermer sans bruit, la porte qui conduit à l'autre monde, celui du dehors. Et puis, cette chaussure de femme devant lui, ce talon brisé, ces cuirs, ces clous, cette odeur de cuir mêlée à celle de vieilles transpirations, âcre, animale. Il incline la tête, son front se pose sur les chutes de cuir. Le sommeil le gagne.

Qui pourrait lire les tourments de Marc sur son beau visage ? Les difficultés du corps brisé, il en a la maîtrise. Un médecin passe parfois, l'interroge alors qu'il n'a rien à dire, puis il repart en assurant que les choses vont au mieux, aussi bien qu'elles peuvent aller. Marc a un autre médecin, celui qui sait tout faire, le grand Paulo. Il l'aide à sa toilette. Il masse les jambes, les cuisses amaigries avec ce liquide gras qui s'appelle « embrocation », mot qu'il a quelque difficulté à prononcer. Il s'enquiert de quelque désir de son ami qui lui assure toujours qu'il n'a besoin de rien.

Marc lit tant que Paulo est le visiteur le plus assidu de la bibliothèque municipale. Il rapporte deux livres, en emprunte deux autres et l'employée marque la date d'un tampon gras. Comment peut-on lire autant ? Que recherche Marc dans ces lignes ? Ce qui serait à la fois question et réponse. Il ne le trouve pas et parcourt de nouvelles lignes comme si chaque ouvrage dissimulait un secret.

Ou bien, il utilise la TSF (on ne dit pas encore : radio), de la musique classique plutôt que des chansons. Parfois son marteau en suit le rythme. Puis il cesse son travail, écoute : un miracle se produit : du son jaillit l'image et il voit des villes, des paysages, des fleuves, des lacs, des bois, tout ce que son immobilité lui refuse. Il voyage.

Un jeune homme est passé. Bien habillé, costume trois-pièces, cravate et chapeau, un de ceux qu'on appellera « les hommes de l'ombre », ceux qui veulent faire se lever le soleil. Mot de passe, phrase banale à laquelle répond une autre phrase. Marc apprend qu'il ne recevra plus de ces visiteurs. Du moins pendant un temps. Par prudence, il faut déplacer dans la ville les points de ralliement. Marc dit : « Comme vous voudrez, comme tu voudras. Je suis toujours là, je serai toujours là... », et il pense qu'il en sera ainsi jusqu'à la fin de sa vie.

Marc, au contraire de Paulo, sait qu'il est condamné à vie. Car Paulo, lorsqu'il lui prodigue des soins, croit toujours à quelque miracle. Comme si ses longs doigts secourables portaient de la magie. Il n'est pas plus croyant que Marc mais il lui arrive de penser durant quelques instants qu'une puissance supérieure existe. Il ne sait laquelle.

Son ami Lucien, l'imprimeur, lui apprend qu'il a connu des ennuis, mais qu'il l'a échappé belle. Deux hommes en civil sont venus. Ils ont inspecté la modeste imprimerie. Heureusement, ce jour-là les feuilles qui l'auraient accusé avaient été enlevées, les caractères des compositions distribués dans les casses. Et Lucien avait pris de longue date une décision éloignant les soupçons : sur le mur, deux photographies du maréchal Pétain avec les fameux slogans, portraits détestés qui, à son insu, devenaient protecteurs.

Une autre imprimerie, située dans la banlieue sud de Paris, prit le relais. Ses machines permirent de publier de vrais journaux de plus grand format. Des papillons collants ornèrent les murs un peu partout : un V ouvert tel un vase et contenant une fleur : la croix de Lorraine.

Les activités de Lucien bientôt seraient autres, à la fois utiles et des plus dangereuses qui soient. Paulo y prendrait une part non négligeable. Plus que jamais, il fallait dissimuler cette trappe conduisant à la salle secrète aménagée pour recevoir autre chose que du papier et des hommes à sauver.

Mme Gustave et Rosa la Rose s'entendent fort bien. La première, dame de bonne moralité, veuve fidèle au souvenir de son bougnat de mari, la seconde vouée à une tout autre existence, celle des filles des rues, un contraste ! Leur conversation peut paraître curieuse.

– Je voudrais le faire, dit Rosa la Rose. Si je ne le fais pas, qui le fera ?

– Et il refuse ?

– Non, il entrave que dalle ! Je me demande s'il a toute sa tête.

– Et comment qu'il l'a sa tête ! Y a pas plus intelligent. Et il sait plein de choses qu'on n'imagine pas. Quand je vais le voir, il me dit des trucs que je ne comprends même pas. Mais je fais semblant. Il est si gentil, mais complètement hors du coup. Comme s'il vivait dans un autre monde.

– Avec les infirmes, dit Rosa, faut pas chercher à comprendre. Mais lui aussi il comprend rien à ce que je lui propose.

– Écoute, Rosa, je t'aime bien mais ne le traite pas d'infirme. Lui c'est autre chose : un bon gars qu'a pas eu de chance. Ça ne manque pas dans la rue. Son copain Paulo avec sa dégaine et qu'un œil, lui, il ne lit pas. Je me demande même s'il sait mais il fait tout de ses mains. Regarde mes souliers, c'est lui qui en a donné l'idée à Marc qui me les a offerts.

– Excuse-moi, mais ils sont un peu tartes.

– Chacun ses goûts, ma belle.

– Et si tu parlais à Paulo. Il a le béguin pour toi.

– Qu'est-ce tu racontes ? Il m'aime bien, c'est tout. Ça l'amuse de me faire des compliments. Il le sait bien que je suis grosse et moche. Si j'étais belle, il ne dirait rien.

– Les bonshommes, y connaissent rien aux dames et nous on connaît rien à ces asticots.

Ces considérations philosophiques échangées, les deux dames se mirent d'accord pour une stratégie fort curieuse et dictée par de bonnes intentions. Nous sommes bien éloignés de l'univers religieux de sœur Évangeline mais qui sait si une même compassion ne les anime pas toutes.

La petite fille de l'immeuble d'en face sortait peu. Sa grand-mère le lui recommandait. Elle obéissait. Toutes les raisons lui en avaient été données. Elle ne les comprenait pas bien. Elle demanda la permission de sortir sans s'éloigner. Elle voulait par un caprice d'enfant regarder travailler le cordonnier.

Ainsi, alors que Marc rafistolait une pantoufle, en levant la tête, il vit de l'autre côté de la vitrine une chevelure blonde, puis des yeux très bleus. La petite fille avait dû se hisser sur la pointe des pieds pour assister au spectacle du travail. Aussi Marc ne voyait-il que le doré des cheveux, un petit front et des yeux attentifs. Il s'inventa pour lui-même une histoire : un angelot venait le visiter.

Cette scène se renouvela. Pourquoi cette curiosité chez l'enfant ? Marc faisait mine de n'y prendre garde. Un jour, il adressa un sourire, un autre il fit un geste amical. La petite fille parut effrayée, disparut, revint quelques jours plus tard. Marc aurait voulu voir ce visage entier. Il demanda à Paulo de placer une caisse de bois devant la vitrine. Après une hésitation de quelques jours, la petite fille finit par y monter. Comme pour un animal qu'on ne veut pas effaroucher, Marc feignit de ne pas la voir.

Dès lors naquit une familiarité silencieuse. Marc tentait de ne pas regarder la petite fille et la petite fille se tenait immobile comme si elle se fondait dans le paysage au point de ne pas être remarquée.

Le regard de Marc, sans que sa tête fît le moindre mouvement se portait de côté sur la contemplation, non de lui-même mais plutôt du travail de ses mains habiles. Il s'interrogeait : pourquoi cette jolie petite fille au doux visage, aux nattes blondes nouées à l'extrémité par un ruban bleu, de la couleur de ses yeux, de sa petite robe à la collerette blanche, ne trouvait-elle pas d'autres occupations ou d'autres jeux ? Elle restait immobile comme la spectatrice d'un théâtre muet joué par un unique acteur fascinant par ses gestes.

Parfois, sa grand-mère ouvrait la fenêtre, tapait des mains pour un rappel à l'ordre et la fillette retraversait la rue en gambadant comme si elle jouait à la marelle pour regagner son domicile.

La mort du vieil homme que la plupart des gens de la rue triste ignoraient, cet enterrement auquel presque tous se rendirent comme s'il s'agissait de celui d'un parent fit qu'un rapprochement s'opéra et que, parfois, de petits groupes se formaient pour la conversation et qu'on se saluait plus volontiers.

Nous avons présenté quelques personnages marquants. Il en était nombre d'autres. Si petits que soient les immeubles, si peu achalandés de locataires, chacun d'eux avait sa concierge. Elle jouait un rôle essentiel, celui bien connu de la « pipelette », observatrice, volontiers colporteuse de petits ragots sur l'un et sur l'autre, souvent sans méchanceté, pour le plaisir et qui sait ? pour une sorte de cohésion sociale.

Elles avaient en commun, ces dames, le balai qui ne semblait pas les quitter, comme le témoin d'un travail incessant, et souvent ce qu'on appelait un « sergent de ville » pour mari, ce qui donnait un semblant de sécurité. Aussi, elles étaient les reines du pot-au-feu ou du bœuf bourguignon quand on trouvait de la viande et de délicieux fumets se répandaient autour des loges.

Les sergents de ville, affectueusement moqués

durant l'avant-guerre, en ces temps de méfiance, devenaient suspects. Ils n'étaient pas seulement des flics mais des dénonciateurs en puissance. Ceux qui inspiraient le plus de défiance, encore qu'on ne décelât pas facilement leur fonction, étaient les agents en civil. Ainsi, M. Marchand, fort brave homme au demeurant, en dépit de son côté bourgeois et empesé, devenait par son appartenance à un service dépendant de le police quelqu'un à éviter, le seul de la rue triste dont on se détournait et qu'on ne saluait pas. Seul, l'ineffable Paulo, toujours prêt à rire de tout, lui décochait au passage quelque flèche parce que cela lui semblait de bonne tradition.

De plus, M. Marchand vivait chez sa mère alors qu'il dépassait la quarantaine. Drôles de gens : la femme, longue et sèche, s'habillait comme au début du siècle et portait même pour la vision un pince-nez ridicule. Elle ne sortait que le dimanche pour la première messe et l'honorable M. Marchand la suivait comme un petit chien.

Ce que maintes personnes jugeraient comme amoral ou gênant, sans commentaires inutiles, et parce que le lecteur, perspicace ou non, l'a déjà envisagé ou compris, se produisit grâce à une complicité entre

Mme Gustave, Paulo et, comme il se doit, Rosa la Rose. Et nous osons dire qu'il s'agissait d'un acte d'humanité en ajoutant que Rose, tant habituée à ces choses, y prit quelque plaisir, ce qui reste rare dans sa profession.

Cela se passa simplement. Pour Rosa, il ne s'agissait pas de métier, de passe pure et simple, puisque l'acte était gratuit. De nuit, elle se glissa dans le logis de Marc par la porte donnant sur le couloir laissée ouverte par Paulo, son complice. Le cordonnier ne s'aperçut de sa présence que lorsqu'elle se fut allongée nue contre lui. Après quelque résistance, il se laissa envahir par la douceur de ce corps féminin. Quelqu'un lui rappelait qu'il n'avait pas perdu l'usage d'une partie de son corps si proche de ses jambes inertes. C'est Rosa qui lui fit l'amour et ce mot « amour » prit toutes ses significations y compris une certaine tendresse et des mots murmurés comme s'il étaient deux amants de longue date. « Si tu ne le fais pas, qui d'autre le fera ? » Ces mots de Mme Gustave, la bonne dame du bistrot, Rosa la Rose ne les avait pas oubliés. Elle resta auprès du beau Marc et lui caressa les cheveux jusqu'à ce qu'il s'endormît. Puis elle se leva, s'habilla et partit sans bruit. Ainsi de temps en temps, pas trop souvent, vint-elle le visiter. Il arriva qu'à la lumière de la petite lampe de chevet, elle s'aperçût qu'il rougissait. Une autre fois, en le quittant elle vit une larme sur sa joue comme s'il pleurait dans son sommeil.

Huit

Quand Paulo se trouvait près de Marc le cordonnier, à sa place habituelle, sur le tabouret, la petite fille de la maison d'en face ne rejoignait pas la sienne : cette caisse qui lui permettait de mieux regarder. Elle pouvait faire penser à un petit oiseau, un moineau curieux mais que le moindre mouvement effarouche.

Marc se souvenait d'un homme dans un square. Il tendait sa main où se trouvaient des miettes de pain et les pigeons venaient se poser sur ses bras et ses épaules. Marc, alors petit garçon, avait tenté l'expérience mais aucun oiseau n'était venu le rejoindre. Quel était le secret ou la magie de « l'homme aux oiseaux », comme on le nommait ?

Et lui, taillant son cuir ou, parfois, le caoutchouc d'un des pneus fournis par Paulo, se demandait comment s'y prendre pour apprivoiser la petite fille et devenir son ami.

Sur ses lèvres, le sourire apparaît de plus en plus souvent. Il contemple son étroit univers. Ces outils, ceux de son père, de son grand-père, il les regarde comme pour la première fois. Ce sont ses compagnons. S'il ressuscite une chaussure morte, il étudie son travail, le parfait, connaît une fierté qui n'est pas éloignée de l'orgueil. La rue triste, même s'il ne peut plus la parcourir, lui apparaît comme une présence protectrice. Et il y a Paulo, Mme Gustave, d'autres qui lui rendent visite, des clients et des clientes avec qui il entretient une conversation, pas toujours gaie quand elle porte sur les difficultés de l'époque, teintée d'espoir régénéré par les messages de la radio de Londres qu'on écoute en dépit des interdits, par ce mystérieux général de la France libre dont nul ne connaît le visage.

Et puis cette fillette qu'il appelle « le petit oiseau ». Il aimerait entendre le son de sa voix, lui parler, lui demander pourquoi elle suit des yeux chacun de ses gestes. Il pense aussi à sa cave aux chaussures usagées, à un rayon où se trouvent des livres pour enfants éculés. Il demandera à Paulo de les lui apporter. Comme des trésors perdus enfouis dans une caverne au cœur d'une île, son île.

De l'autre côté de la rue, le soir, quand tout est éteint. La grand-mère contemple sa petite-fille endormie dans un lit d'enfant qui devient trop petit pour elle. Elle regarde un piano fermé car elle ne joue plus pour ne pas attirer l'attention. Elle pousse un soupir et se livre à quelque travail de raccommodage. Elle trouve toujours quelque tissu à parfaire ou, quand elle a de la laine, la confection d'un grand châle comme elle les aime.

Elle vient d'Alsace. Son fils est resté là-bas. Elle a appris qu'il était requis dans une usine allemande pour coudre des boutons sur des uniformes. Aucune nouvelle et tant de bruits alarmants. Le logement est son refuge, celui de la petite et aussi la rue grisâtre, mélancolique, silencieuse où les gens ont de bonnes façons. Elle coiffe ses longs cheveux blancs, compose un chignon. Cela fait partie de ses occupations. Elle a mis un peu d'argent de côté, pas trop, mais assez pour subvenir aux besoins immédiats. Après ? Elle ne sait pas.

Demain matin, la fillette s'éveillera, prendra un petit déjeuner, fera sa toilette et la grand-mère la coiffera, lui tendra la petite robe qu'elle a lavée et repassée en respectant bien l'ordonnance des plis du bas. Elle ne fréquente pas l'école publique. Sa grand-mère, ancienne maîtresse d'école, du matin au soir lui donne des cours.

La dame, elle aussi, regarde de temps en temps par la fenêtre le travail du cordonnier. Sans qu'elle sache pourquoi, cette présence la rassure. Il lui fait penser à son fils, à sa belle-fille. Aucune nouvelle. Elle médite, elle espère, elle a peur. Et cette fillette dont elle est la protectrice, et les événements malsains du dehors, les forces ennemies dont elle ne peut comprendre la haine. Son regard se durcit. Elle doit lutter contre un désespoir constant. Un jour, elle n'aura plus d'argent. Comment vivre alors ? Ou survivre.

Lorsqu'elle eut cette grippe ravageuse, l'hiver précédent, la petite fille lui préparait des tisanes, essuyait la sueur sur son front, écartait les bras en signe d'impuissance. On avait frappé à la porte. Une voisine avait dit : « Vous pouvez ouvrir, c'est une amie ! » Une amie ? La fillette avait ouvert la porte et regardé avec étonnement cette dame curieusement vêtue sœur Évangeline. Elle lui tapota la joue, se dirigea vers le lit et dit : « Voyons ça… » Non, ce n'était pas si grave. La religieuse sortit des médicaments de sa trousse, toucha le front fiévreux. Les deux dames se sourirent. Venir en aide, la malade savait cela.

Nombre de fois, dans le passé, elle était allée vers les autres sans se soucier de qui ils étaient. Cette croix de Jésus qui pendait au cou de la sœur. La grand-mère pensa : « Qu'importe tout cela ? » Des cachets, quelques recommandations, un serrement de mains, un dernier regard et ces mots : « Je reviendrai dans quelques jours, mais vous serez guérie... »

Puis la religieuse se dirigea vers la fenêtre. Elle regarda Marc le cordonnier derrière sa vitrine. Penché sur son travail rien d'autre pour lui ne semblait exister.

– Ma petite-fille adore regarder travailler le cordonnier.

– Pourquoi le monsieur il ne bouge jamais ? Il reste toujours assis, remarqua la fillette.

– Il ne peut pas se lever, dit sœur Évangeline. Ses jambes sont paralysées. Et j'ai assisté à l'accident. Il courait, une automobile est arrivée et...

– Ah ! dit simplement la petite fille et elle courut vers le lit pour se réfugier auprès de sa grand-mère.

Lucien continuait à imprimer comme il le faisait depuis de nombreuses années des cartes de visite, des cartes commerciales, des têtes de lettres pour de petits commerçants. La machine était lente et le travail peu rémunérateur. Il délaissait souvent son atelier pour des rendez-vous en divers lieux de la capitale et même en banlieue. Il rencontrait des personnages de toutes espèces, du bourgeois chapeauté à l'ouvrier en casquette. Ils s'éloignaient en fumant de tout endroit fréquenté pour de mystérieuses conversations.

– J'ai la planque qu'il nous faut, dit-il à l'homme habillé en bourgeois, secret, introuvable…

– Sauf si nous sommes suivis… ou trahis.

– Le type vous semblera bizarre, inhabituel. Il fait penser à des personnages de cinéma comme Aimos ou Le Vigan. Il a des airs de cinglé mais il n'y a pas plus malin.

Son interlocuteur, grand, se tenant droit, arborant une fine moustache, portait beau, comme on disait jadis. Son nom de guerre : Arcole. Nul ne savait qu'il était issu de l'École polytechnique et qu'avant la défaite il était officier.

– Ce garçon dont vous me parlez est-il intelligent, sûr ? A-t-il fait des études ?

– Des études ? répondit en riant Lucien. Ah ! quelles études. Il a même manqué le certificat d'études primaires. Par jeu, il s'amusait à commettre des fautes d'orthographe en disant que les mots devenaient plus rigolos selon sa manière. Quant aux autres matières, il appliquait le même procédé, comme dans la chanson « Le lycée Papillon ». Intelligent ? Il est plus que ça. Débrouillard, rusé, fortiche, capable de se tirer de toutes les situations. Je pourrais citer bien des exemples. Sûr ? Il croit à ce que nous faisons, il l'a prouvé avec les journaux.

– Oui, dit Arcole, c'est comme si je découvrais tout un monde ignoré de moi et de ma vieille famille traditionnelle. Des artisans, des ouvriers, des obscurs et des sans-grade. Je connais bien des gens bourrés de diplômes et qui, confrontés aux choses pratiques, à la vie courante, s'affirment comme de parfaits imbéciles. Nous rencontrerons votre Paulo mais je ne m'engage à rien.

Paulo, durant ce temps, sirotait son vin blanc au zinc de Mme Gustave, entouré des habitués, échangeant des plaisanteries pas toujours du meilleur goût, débitant des galanteries usées aux femmes présentes. Là, dans l'odeur sucrée des apéritifs, du vin âcre, du percolateur distribuant le faux café, on se serait cru loin de la ville, du pays, du monde en proie à la folie barbare.

Grâce aux soins de sœur Évangeline, la mauvaise grippe (en est-il de bonne ?) de la grand-mère fut vaincue. Cette dame, les rares personnes qui la connaissaient, sa concierge entre autres, l'appelaient Mme Couin, déformant ainsi son nom. Elle mit cela sur le compte de cet étrange accent parigot si différent du sien.

Alors qu'elle corrigeait une dictée faite à la petite-fille elle regarda vers la fenêtre :

– Le monsieur des chaussures que tu regardes tout le temps, tu lui as parlé ?

– Non. Tu as dit de ne jamais parler aux gens que je ne connais pas.

– Celui-là ne peut pas bouger. Il doit être malheureux. On nous a appris qu'il faut aider les malheureux.

– Même s'ils ne sont pas… comme nous ?

– Oui, ça s'appelle notre devoir.

– Avec nous, tout le monde n'est pas gentil. Quand j'étais à la maternelle, les autres se moquaient de moi.

– Écoute Mimi…

– Je n'aime pas quand tu m'appelles Mimi. J'ai un vrai nom.

– Un vrai prénom. Mais je préfère qu'on dise « Mimi ». Tu comprendras pourquoi. Ou peut-être non. Ma petite chérie, mon bonheur, ce serait bien d'aller voir ce monsieur. Juste la rue à traverser. Il a peut-être besoin de quelque chose. Et il saura qu'il a deux amies tout près.

– Oui, grand-mère. Pas quand il y a le grand qui a une tête comme Polichinelle.

– Il s'appelle Paulo. Je le connais. C'est lui qui a réparé les tuyaux. Un bon garçon, tu sais.

Le lendemain, la vieille dame et la petite fille se rendirent chez le cordonnier. Il suffisait d'appuyer sur le bec-de-cane pour entrer. Par politesse, la dame frappa deux petits coups sur la vitre. Elles entrèrent. Mimi se cachait derrière sa grand-mère.

– Bonjour, dit Marc le cordonnier, vous venez pour des chaussures ?

– Bonjour, bien le bonjour, répondit la grand-mère. Non, nous ne sortons pas. Nos chaussures ne s'usent guère. C'est une visite entre voisins. Nous habitons en face.

– Je sais, dit Marc, je vous connais. La petite s'intéresse à mon travail. Approche, je ne vais pas te manger. Tu t'appelles comment ?

La petite fille s'approcha, regarda autour d'elle, mit son pied droit en arrière et fit une petite révérence.

– Si tu veux regarder mon travail, il faut entrer. Tu pourrais t'asseoir là, près de la vitrine, en repoussant les drôles de chaussures.

– Quand je voudrai ? demanda la petite fille.

– Autant que tu le désireras. Cela me fera de la compagnie. Et ce sera plus confortable que sur la caisse dehors.

– Oui, je viendrai…

– Il ne faut pas non plus qu'elle vous dérange, observa la grand-mère.

– Jamais ! jeta Marc. Serrons-nous la main. Tu te nommes comment ?

– Mimi, dit la grand-mère.

– Moi, c'est Marc. Mais pourquoi t'intéresses-tu à ce que je fais ?

– Quand je serai grande, je veux être cordonnier.

– Ah ? Tiens… Cordonnière plutôt. C'est rare dans la profession.

Puis ils rirent, tous les trois, sans raison. La sympathie régna. Une sorte de bonheur inexpliquable, et quand ses hôtes retraversèrent la rue, Marc leur adressa des signes de la main. Le cordonnier et la petite fille : ils pouvaient devenir deux amis.

Durant ce temps, celui qui se faisait appeler Arcole, Lucien l'imprimeur et Paulo le touche-à-tout se rencontrèrent dans un square désert. Assis sur un banc, ils parlaient à voix basse.

– Non, non et non, dit Paulo. Ça, je ne peux pas

le faire. Les papelards, les tracts, les journaux, tant que vous voudrez mais les trucs à tuer, non !

– Ce que tu appelle « les papelards », ce sont aussi des armes, observa Lucien.

– Arrêtez vos conneries, jeta Paulo, vous tuerez un fritz, ils en feront autant avec cinquante ou cent otages, et ça ne changera rien.

Arcole passa son bras autour des épaules, affectueusement, et lui parla à voix basse :

– Bientôt, les Alliés débarqueront chez nous par l'Ouest, le Sud, partout, et nous dans tout cela ? Nous devons préparer une insurrection, un soulèvement à Paris comme dans l'histoire, les barricades, reprendre la ville, chasser les boches, les faire prisonniers à leur tour. Il faut des armes. Il y en a, de manière éparse. Ta cache, c'est l'idéal, l'arsenal secret. Paulo, tu n'auras pas à t'en servir, simplement les garder pour qu'un jour tout soit prêt. Une arme sert aussi à se défendre. S'ils arrêtent un de tes copains, tu les laisseras faire ?

– Non, dit Paulo, mais quand même…

Le garçon à tête de Polichinelle comme disait la petite fille avait des arguments à faire valoir mais la parole logique n'était pas son fort et tout se mêlait dans sa tête. Il pensait que ses compagnons étaient plus instruits que lui. Après un silence, il demanda :

– Je ferai quoi ?

– Rien pour l'instant. Tu seras prévenu. Tu devras te déplacer dans Paris avec une voiture à bras, par exemple. Les armes y seront planquées. Qui soupçonnerait un gars comme toi qui fait son boulot de chiffonnier ou de déménageur ?

– J'ai une idée, dit Paulo.

Le soir même, le petit inventeur qui menait si bonne compagnie avec le système D trouva des solutions. Il se ferait menuisier pour réparer la meilleure des voitures à bras et installer un double fond, et puis d'autres aménagements : une enseigne sur le côté indiquant sa condition de ramasseur de chiffons, graissage, consolidation du harnais de cuir. Il nettoyait et bichonnait ce véhicule comme un chauffeur de maître le ferait avec une automobile de luxe. En même temps, il envisageait un chargement de vieilles caisses, de chaises et de fauteuils éventrés, de plinthes agonisantes, de sacs déchirés.

Des armes ! Il n'y croyait pas trop. Mais avait-il jamais refusé un coup de main à qui que ce soit ? Se souvenant d'une vieille chanson, il fredonna : « En avant Fanfan la Tulipe, en avant… »

Marc le cordonnier ne se sentait plus seul. Paulo lui avoua se livrer à un mystérieux travail et n'en dit pas plus. Son ancien patron le visita et lui apporta du cuir. Rosa la Rose venait la nuit. Ils parlaient peu. Quand elle repartait, il se sentait bien et mal à la fois, prêt aux larmes et ne les versant pas, cachant une honte secrète, une rougeur du visage dans son oreiller. Et puis les clients, les clientes avec qui on taillait une bavette sur tout et sur rien, pour parler.

Mme Gustave parcourt les quelques mètres de la rue à pas prudents sur les pavés au dos rond. Elle lui apporte toujours quelque produit de bouche, une douceur, des bonbons qu'il garde pour Mimi, la petite fille de l'immeuble d'en face, sa visiteuse silencieuse qui observe chacun des gestes du travail avec attention. La grand-mère aussi qui lui parle d'une Alsace qui veut rester française, de son fils, de sa belle-fille dont elle est sans nouvelles.

Ainsi, pour Marc, sa triste condition dans la rue triste reste supportable.

La petite fille est assise, sage et silencieuse. L'homme travaille. Il porte en lui autant de timidité que celle qui le regarde. Il connaît mal les enfants. Il ne saurait que dire. Cette double présence porte le calme, la sérénité. L'échange, la parole, naîtra, peu à peu, sans qu'aucun des deux ne s'y efforce. Non seulement par les mots mais par un petit miracle.

Marc le cordonnier allume la TSF, cherche une station où la musique remplace la parole. Un pianiste en un lieu lointain et inconnu caresse les touches d'un clavier. Schubert, Chopin, Marc ne les reconnaît pas toujours. Aux premiers sons, la petite fille a tremblé. Elle se tient là, comme toujours immobile et envahie par la musique, une musique qui lui semble venir de loin, de sa petite enfance. Marc la regarde. Elle tient toujours, croisées sur sa poitrine, les pointes nouées d'un de ces châles de laine si bien tricotés par sa grand-mère. Elle se tourne vers la rue, inquiète comme si ce concert pouvait leur être ôté par quelque présence non attendue, maléfique peut-être.

Cet instant musical, dès qu'il se termine, Marc éteint son poste comme s'il ne voulait pas entendre la moindre parole, en quelque langue que ce soit, qui viendrait le ternir.

La petite fille parle :

– Ma grand-mère a un piano. Elle ne joue plus jamais. Elle dit que cela pourrait déranger les voisins. Nous ne devons pas faire de bruit non plus comme si nous vivions en cachette.

Vivre en cachette. Marc pense que c'est aussi son cas. Lorsqu'il joue du marteau, il ne frappe jamais fort pour atténuer le son. Tant de silence dans la rue triste ! Est-ce pour cela qu'on la nomme ainsi ?

Il offre un bonbon au miel. La petite fille en défait le papier et le lisse sur sa cuisse, le plie, le glisse dans sa petite poche sous le châle avant de porter le bonbon à sa bouche. Pour qu'elle ne soit pas seule, Marc en mange un lui aussi. Il demande :

– As-tu des livres ? Ta grand-mère te raconte-t-elle des histoires, le soir, avant que tu t'endormes ?

– J'ai deux livres d'images avec des mots en couleurs. Ma grand-mère me raconte des choses d'autrefois quand elle était petite. Elle rit ou bien elle pleure et je ne comprends pas.

– Les livres, la musique, la peinture, le travail, c'est tout ce qu'il y a de beau…, murmure Marc. Je lis beaucoup. Toi aussi tu liras. Je crois que dans une malle, à la cave, il y a des livres pour enfants qui viennent de mon père ou de mon grand-père, et puis d'autres aussi. Je demanderai à Paulo de les chercher.

Quand arrive le soir, la fenêtre du premier étage de l'immeuble d'en face s'ouvre. Marc fait un signe. La petite fille a compris : elle doit regagner sa demeure.

Elle dit : « Merci. » Il la reprend : « Merci, Marc », et elle répète : « Merci, Marc », et lui : « Merci, Mimi. »

Marc est ému. Il se sent comme un père. Il a oublié pour un temps sa souffrance. Le fauteuil roulant ne marche pas très bien, roule mal car son poids abîme les roues fragiles. Il n'ose pas le dire à Paulo. N'aurait-il pas l'air de critiquer sa création ? Mais qu'importe ! Marc vaincra la difficulté comme il le pourra. Il a l'habitude. Et que sont les petits ennuis de la vie sinon une manière de chasser l'Ennui, la mélancolie, le mal qu'il faut repousser sans cesse par tant de gestes, de tentatives ? Puis il pense qu'il est vivant, qu'il travaille, qu'il lit, qu'il a des amis. Et cette petite fille qui devient un peu la sienne.

Les dés, le gobelet de cuir, le jeu directement sur le zinc, aux tables le tapis vert offert par une marque d'apéritif, la belote, la manille, la manille coinchée, ce soir-là, sans raison apparente, le bistrot de Mme Gustave connaissait une rare effervescence. À chacun sa boisson. Pour Paulo, des bocks de bière, pour Lucien venu en voisin le Saint-Raphaël quinquina, pour Rosa la Rose du vin blanc mousseux, et pour quelques gars, pas forcément de la rue mais des alentours, maçons, menuisiers, plombiers, ce bon pinard qui aurait dû faire gagner la guerre. La salle était enfumée : Gauloises bleues, Celtiques, Boyards maïs ou tabac gris baptisé « gros cul » pour la pipe. Mme Gustave ne cessait de servir, passant entre les tables en se dandinant. Son aide au comptoir non plus ne chômait pas. Pour un temps, tout le reste semblait oublié.

Avant le couvre-feu, Paulo sortit en dernier après avoir fait claquer deux baisers sur les joues rondes de l'opulente patronne. Éméché, il s'efforçait de marcher droit, de garder la tête haute comme si la dignité pouvait atténuer les titubations.

M. Marchand, le fonctionnaire de police, le dépassa. Il ne fallait pas manquer de lui offrir une petite rosserie :

– Alors, monsieur Marchand, vous allez finir par l'arrêter cet Arsène Lupin ?

Le fonctionnaire s'arrêta, souleva son chapeau, et dit :

– Bonsoir, *monsieur* Paulo. Non, il ne faut pas l'arrêter, ses aventures sont bien trop intéressantes.

Paulo ôta sa casquette. Il n'avait pas l'habitude qu'on l'appelât « monsieur ».

– C'est manière de parler, dit-il.

– Vous allez me chambrer. Comme la plupart de nos concitoyens, vous n'aimez pas la police. Mais vous êtes bien content de la trouver quand vous avez besoin d'elle. Elle est à votre service…

– En ce moment, elle semblerait plutôt au service des fridolins.

– Monsieur Paulo, ce n'est pas si simple. Il y a des ordres. Ils ne sont pas toujours exécutés ou parfois atténués. Mais je n'aime pas le tour de cette conversation. Vous avez bu un coup de trop. Sans quoi, vous n'oseriez pas.

– Pas sûr !

– Écoutez, dit M. Marchand en lui prenant la main, vous avez en face de vous un honnête homme. Si vous en doutiez, vous parleriez autrement. Moi, je vous aime bien. C'est tout ce que j'ai à dire. Au fait… si j'arrête Arsène Lupin ou Chéri-Bibi, je vous préviendrai.

Ils se quittèrent avec chacun un sourire ironique sur les lèvres. Paulo haussa les épaules. Quelque chose l'agaçait. Il ne savait quoi. Finalement, peut-être, ce bourgeois de Marchand, dans leurs échanges, avait-il marqué des points.

Neuf

Sans doute l'auteur de ces lignes devrait-il quitter la rue triste et décrire la vie des habitants de Paris durant ces années mortes. Je l'ai déjà tenté dans un précédent roman. Aussi n'ai-je pas le désir de me répéter.

Aujourd'hui, tant et tant d'années après, je lis, j'écoute les récits et points de vue de maints historiens et universitaires, sociologues et philosophes qui sont nés le plus souvent après cette époque et s'efforcent de la restituer avec le plus de véracité possible. Si doctes, si documentés que soient ces messages inspirés par le « devoir de mémoire », il me semble toujours qu'il y manque quelque chose d'impalpable, de mystérieux, d'indéfinissable. Cela me semble décalé, imprécis, tel un reflet dans un miroir déformant. Et votre serviteur qui connut cela entre dix-sept et vingt et un ans n'est pas assuré que le temps, ses métamorphoses et ses usures, n'ait transformé aussi de manière imperceptible sensations et émotions. Aussi ferai-je preuve de modestie et d'humilité, limitant pour cela ma critique envers tant de gens de bonne volonté.

J'ajoute que pour la guerre précédente, un quart de siècle auparavant (la même au fond avec un entracte), j'ai une sensation identique et, plutôt qu'aux travaux contemporains, je me fie à ces grands témoins qu'on ne cite guère et qui se nomment Roland Dorgelès, Erich Maria Remarque ou Henri Barbusse.

Passons. Je vais revenir à la rue triste, à ses modestes habitants et surtout au cordonnier et à la petite fille.

À la demande de Marc le cordonnier, Paulo puisa dans la malle de la cave une pile de livres de toutes sortes en fort mauvais état. Marc fit un tri. Il trouva un grand registre de comptes qu'il plaça dans un tiroir, des illustrés pour enfant qui lui rappelèrent des souvenirs pas si lointains. Il les écarta non sans regret parce qu'ils ne lui semblaient pas convenir à ce qu'il voulait offrir à la petite fille. Il garda tout ce qui lui sembla intéressant, là où plutôt que d'aventures on rejoignait la beauté de l'imaginaire : les contes de fées et les légendes des lointaines mythologies.

Lorsqu'il lut, guettant dans le regard de la petite fille son intérêt ou son émerveillement, il fut heureux comme pour une nouvelle communion qui s'établissait entre eux. Il ne voulait offrir que du charme, cueillir tant de fleurs et voir s'envoler des milliers d'oiseaux.

La grand-mère venait parfois. Cette dame très douce et cultivée prenait plaisir à enrichir Marc de ses connaissances. Elle parlait de musique, de grands compositeurs. Elle chantonna même une très ancienne composition : « Pauvre Jacques quand j'étais près de toi... » qui charmait la reine Marie-Antoinette. Ou bien elle décrivait sa terre natale, l'Alsace, soumise à tant de maux, ces jeunes gens bien français enrôlés de force dans l'armée allemande. Et Marc à son tour devenait attentif comme l'était la petite fille à ses contes.

Ainsi, dans cette minuscule boutique de la rue triste s'insinuait un doux savoir, une adorable parole teintée de poésie. Les difficultés de l'existence, la barbarie toute proche semblaient atténuées. Marc en oubliait cette partie de son corps toujours vivante et cependant morte ou endormie puisqu'elle ne répondait plus à ses appels. Et puis arrivèrent des instants douloureux, difficiles à décrire, un bouleversement de l'âme et de la conscience, une blessure qui ne saignait qu'à l'intérieur de l'être.

Une journée ensoleillée. Un rayon de lumière traverse la boutique, s'arrête sur les mains du travailleur qui se retournent comme une coupe pour recueillir ce bienfait du ciel. Les cheveux blonds de Mimi, la petite fille, sont comme de l'or qui refléterait cette luminosité fugace.

Mimi a légèrement écarté les pointes de son châle pour trouver de la fraîcheur. Et voilà que le châle tombe.

Le temps d'une seconde, Marc le cordonnier a vu, a compris, a été envahi par un sentiment inconnu. Cousue à la robe de la petite fille une étoile jaune, l'étoile de David, avec le mot *Juif*. Alors, sa tête s'est penchée, son front a buté contre son établi. Ses poings se sont écrasés sur sa tête.

Cette petite fille, sa petite fille, si fragile, innocente, gracieuse. Et marquée de cette étoile cousue, symbole d'une très ancienne civilisation, de la mère de tant de religions mais pour les nazis et leurs complices français un symbole qu'ils marquaient d'infamie, désignaient à la haine, à la vindicte de toutes les forces du Mal. Du temps où il courait encore dans Paris, il l'avait vue et son insouciance de jeune homme avait gommé son indignation. Et voilà que le plus grand drame du monde s'affichait sur cette frêle poitrine. Sa douleur personnelle, son infirmité s'effaçaient devant ce qu'il venait de voir.

À cet abattement succéderait la colère, colère contre les barbares, colère contre le monde, colère contre sa propre impuissance.

Tout cela dans sa tête, dans la prison de son esprit. Et soudain, contre cette fièvre, une sensation de fraîcheur. Deux petites mains s'étaient posées sur ses poings comme une caresse. Il leva la tête et vit la petite fille debout près de lui, à la fois grave et souriante, comme si elle voulait le rassurer. Elle dit :

– Tu vois, on a inscrit « Juif » comme si j'étais un garçon : Je m'en fiche mais ma grand-mère dit qu'il faut le cacher. Tout le monde ne le sait pas. À part, dans la rue, ceux qui sont comme nous.

– Ceux qui sont juifs ?

– Il y en a d'autres mais ils n'y font pas attention. Grand-mère l'a seulement dit à la dame catholique qui est son amie.

– La sœur Évangeline ?

– C'est celle qui t'a soigné.

– Et qui ne vient plus me voir.

– Elle dit que tu es guéri dans ta tête. Elle parle beaucoup avec grand-mère.

La petite fille regagna sa place habituelle près de la

vitrine. Elle regarda Marc le cordonnier devenu plus calme. Elle posa son index sur ses lèvres et chuchota :

– Je vais te dire un secret. Rien qu'à toi. On dit « Mimi » mais mon vrai prénom, c'est Myriam. Quand nous sommes seuls, je voudrais que tu m'appelles Myriam…

– Et moi, tu diras : Marc.

– Quand je parle de toi à grand-mère, je dis toujours : Marc.

Le cordonnier pensa que, probablement, il ne serait jamais père. Puis qu'il l'était déjà. Père de cette petite fille qui aimait tant le regarder travailler.

Il reprit la chaussure sur laquelle il posait une semelle. En lui tout se mêlait, révolte, colère, compassion, et un sentiment dominant tous les autres, celui d'un lien plus fort que tout avec cette petite fille qu'il aimait.

« Le temps est venu », avait dit le mystérieux Arcole. Peu de jours après cette affirmation, alors que la vie quotidienne se poursuivait dans les villes et dans la rue triste sans l'apparence d'un changement, avec seulement une lueur d'espoir dans les yeux de certains et de la détermination chez ceux qui se préparaient à un rôle actif.

Ainsi Paulo, ses lunettes tombant sur son grand nez, ne ménagea ni ses pas, ni sa peine, ni sa fatigue. Le soir, quand il rejoignait Marc, affalé sur le tabouret, penché, les coudes sur les genoux, la tête basse, il donnait cette explication : « Marc, je fais comme toi : je travaille trop », et Marc se demandait ce qu'il pouvait bien faire.

« Un cheval, je suis devenu un cheval ! » voilà ce que pensait Paulo, les rênes aux épaules, des ampoules au creux des mains, en tirant sa voiture à bras. Un cheval, la Rossinante peut-être de ce Don Quichotte. Ou bien, il riait : « Un âne, un mulet, un bourin. » Il se rendait à Vincennes, à Montrouge, à Montreuil, partout où des hommes silencieux glissaient des armes hétéroclites dans sa cachette. Et il peinait, il avait mal. Dans les rues montantes, le cuir lui sciait les épaules. Par bonheur, il y avait toujours quelque passant qui lui offrait un coup de main pour pousser la voiture. S'ils avaient su ce qu'elle contenait…

Le tireur de voiture à bras évitait de penser. Il faisait son boulot, c'est tout. Il ne connaissait pas la crainte. Simplement, une gêne secrète. Ces instruments à tuer sous-entendaient la riposte : d'autres machines qui assassinent et, sans doute, plus perfectionnées.

Avec l'aide de Lucien l'imprimeur, il déchargeait la

nuit, rangeait tout ce métal dans son sous-sol, dissimulait chaque fois la trappe. Cela prenait des heures. Il imaginait des barricades comme aux grandes heures de l'histoire révolutionnaire mais que pourraient-elles contre un tank, des mitrailleuses ?

Un autre travail avait lieu. Prudents, furtifs, des gens œuvraient dans la cave. Ils remontaient, mettaient en état de marche cette artillerie, graissaient, alignaient les boîtes de munitions, de plastic, de dynamite. Ils travaillaient en silence. Paulo ne se mêlait pas à eux. Sans doute en savaient-ils plus que lui sur tout cela. « Tu parles d'un bazar ! » pensait-il. Lucien l'entraînait chez Mme Gustave. Ils trinquaient en silence. Paulo recevait des instructions au jour le jour. Paulo, le cheval, soupirait. Ne l'enverrait-ils pas un jour jusqu'au bout du pays ? « Ce que tu fais est inestimable ! » disait Lucien et son ami sceptique répondait : « Ah bon ? »

Marc, cloué à son fauteuil branlant, se désolait de ne pouvoir lutter. Il ressentait une impression constante de culpabilité. Paulo lui cachait ses activités. Par prudence. Pour éviter de le compromettre. Et lui, le médecin des chaussures, ne servait à rien, pas même de boîte aux lettres pour les révoltés puisqu'on lui avait appris qu'il risquait d'être « grillé ». Malgré son horreur de la violence, des guerres, il aurait voulu se battre. Pour la patrie ? Plutôt contre le mal, contre l'injustice et pour cette petite fille qu'on tentait d'humilier, pour sa grand-mère, cette vieille dame qui imposait le respect et avec qui il pouvait converser longuement, l'écouter surtout quand elle parlait des beautés de la musique et du chant.

Il lui restait le métier. Il le faisait de son mieux, recevait les compliments de clients et de clientes satisfaits. Il savait aussi qu'il devait se parfaire, le sommet de son art étant de devenir un bottier. Il lui aurait fallu un maître. Son ancien patron qui lui rendait visite le dimanche ne connaissait pas ce travail dont il était un peu jaloux.

La musique, même diffusée par cette mauvaise TSF, lui apportait un secours. Par elle, son esprit voyageait. Il lisait de plus en plus de récits de voyages, imaginait des pays lointains qu'il ne connaîtrait pas. Même Paris où il vivait lui paraissait une ville lointaine, étrangère, puisqu'il ne pouvait plus parcourir ses artères. Avait-il assez bien regardé les sites, les monuments d'une des plus belles villes du monde pour les fixer dans sa mémoire ?

Le matin, Paulo allumait le poêle à charbon,

préparait le combustible, la pelle, le tisonnier et Marc se débrouillait pour entretenir le feu. Ou bien, c'était Myriam dite Mimi qui procédait à cette tâche. Dans les brumes envahissantes du désespoir, apparaissaient de petites étoiles. Il aimait le lieu modeste où il vivait, il aimait les gens, les questionnait et découvrait ce qu'il y avait de bien en eux, écoutait, conseillait, jouait même le rôle d'une sorte de confesseur hors la religion. Il devenait le monarque de son royaume où apparaissait comme une bonne fée la petite fille, la petite princesse, Myriam quand ils étaient seuls, Mimi quand entrait quelque visiteur.

Durant deux semaines, les visites nocturnes de Rosa la Rose cessèrent. Marc le cordonnier en éprouva tantôt du regret, tantôt un soulagement inattendu, inexpliquable.

Un dimanche, elle entre dans la boutique. De jour, c'était inattendu. Elle n'était pas maquillée. Comme à son habitude, vêtue de noir, elle paraissait tout autre : visage calme, sourire à peine esquissé, grands yeux que ne noircissait pas le fard. En bref, aucun signe de sa profession.

– Salut, Marc, tu ne t'attendais pas à me voir…

– Bonjour Rose, aurais-tu des chaussures à ressemeler ? Un talon cassé peut-être ?

– Te fiche pas de ma poire, Toto ! Je viens voir si tu vas bien, si je te manque.

Marc rougit. Il toussota, fit mine d'aligner ses outils. Il dit :

– Tu serais gentille de ne pas m'appeler « Toto ». Les sobriquets j'en ai assez eu dans mon enfance.

– Mes excuses, majesté ! Tu ne m'as pas vue parce que j'ai reçu une rouste. Ils s'y sont mis à trois. Je ne sentais plus mes côtes, je suis presque restée sur le carreau. Qui ? Des chleuhs, des sales boches. Ils étaient ronds comme des billes. Alors, une fille comme moi…

– Une fille comme toi ? Il n'y a pas meilleure. Les brutes !

– Je me suis traînée chez Mme Gustave. Et de là une de ses amies m'a conduite dans un hospice ou une maison de santé, je ne sais pas comment on appelle ça. Maintenant, je vais bien. Et figure-toi que je me suis fait une bonne copine.

– Des copines, tu ne dois pas en manquer.

– Oui, quelques-unes, mais là c'est pas pareil. Tu devineras jamais… Une frangine, tu te rends compte, une frangine…

– Tu as une sœur ?

– T'entraves vraiment que dalle. Pas ma sœur. Une frangine. Une bonne sœur, quoi ! Les catholiques, tu connais ? Elle est devenue ma copine.

– Quel est son nom ? Ce ne serait pas sœur Évangeline ?

– En plein dans le mille, mon prince !

Interloqué, Marc le cordonnier voulut parler d'autre chose.

– Écoute, Rosa, tu vas dans ma chambre. Près de l'évier il y a une bouteille de blanc et des verres. On va fêter ça.

– Entendu. Aïe de mes côtes. J'ai encore un bandage. Au fait, la frangine te dit bonjour.

Un long silence au cours duquel Marc découpa du cuir tandis que Rosa la Rose se tenait appuyée contre les rayons chargés de boîtes et de chaussures.

– Je voudrais savoir pourquoi..., commença Marc.

– Pourquoi je couche avec toi ? l'interrompit Rose. Eh ben, tu le sauras pas. C'est pas tes oignons !

– Non, pourquoi...

– Ah non ! Pas toi ! Pourquoi je fais la putain ? Mes clients me le demandent parfois et moi je réponds : « Je suis ce que je suis et toi, tu sais ce que tu es ? »

– Ce n'est pas ce que je voulais dire... Enfin, pas tout à fait...

– Moi aussi, dit Rosa la Rose, je voudrais te poser une question. Pourquoi que t'es pas comme tout le monde ?

– À cause de mes jambes ?

– Non, à cause de toi. D'abord tu ne jactes pas comme les autres. T'as toujours l'air de réfléchir. Et il y a ta voix. Parfois tu parles pas, tu chantes. Et t'es comme un gosse qui a peur de faire une faute de français. Tu choisis les mots comme des gâteaux dans une pâtisserie. Et quand tu parles, t'as l'air de sucer des bonbons !

Marc le cordonnier éclata de rire, ce qui ne lui était pas arrivé depuis longtemps.

– Rosa, ma Rose, c'est toi qui manges des gâteaux et suces des bonbons. Tu parles bien mieux que moi. Mais ce que tu me reproches doit venir de ce que je lis trop de livres. Alors, je finis par parler comme les personnages.

– Remarque bien que c'est pas un reproche. J'aime bien t'entendre. Les sœurs parlent un peu comme toi. Elles ont un vrai hôpital, avec des toubibs, et même des curés qui viennent dire la messe.

– Et tu es allée à la messe ?

– Qu'est-ce que tu crois ? J'ai fait ma première communion. Pas toi ?

– Une vraie Marie-Madeleine ! Non, dans ma

famille, nous ne croyons ni à Dieu ni au Diable. Encore que je me demande, à notre époque, si le Diable n'existe pas !

– Si tu crois au Diable, c'est que tu crois en Dieu.

– Arrête, Rosa, arrête ! dit en riant Marc le cordonnier. Nous entrons dans la théologie. Parle-moi plutôt de toi. Aimes-tu quelqu'un ?

– Non, personne. Même pas bibi-lolo ! Mais y'en a que… j'aime bien : la veuve Gustave, cet asticot de Paulo, toi.

Quand on parle du loup... Voilà que Mme Gustave entra vêtue pour le dimanche, en robe à fleurs et coiffée d'un chapeau orné de fausses cerises. Elle tenait à la main un plat enfermé dans un torchon à bandes rouges.

– Salut la compagnie, dit-elle. J'ai réussi à faire un clafoutis. Il me faut des assiettes, un couteau. Magne-toi le train, Rosa !

Ils se régalèrent, échangeant des sourires de connivence avec Mme Gustave. Cela se termina par un succédané de café adouci par la saccharine.

Après avoir embrassé le cordonnier sur les deux joues, les deux femmes sortirent dans la rue déserte, la rue triste dont on ne se doutait pas que dans quelques jours elle serait plus triste encore.

Dix

Cela commença par une ronde – non pas la ronde joyeuse des enfants dans les cours des écoles mais par une ronde de police, des agents deux par deux qui marchaient en regardant autour d'eux avec suspicion comme si un danger les guettait.

Deux hommes en civil, chapeautés comme des gangsters de cinéma américain et portant de longs manteaux noirs. Ils regardaient les numéros des immeubles, levaient les yeux vers les étages et écrivaient sur des carnets.

Le seul habitant de la rue présent, assis sur un rebord de fenêtre les regardait. Il fumait une cigarette avec un plaisir évident, levait la tête, arrondissait les lèvres et tentait de faire des ronds de fumée. Bien plus tard, quand les sergents de ville furent partis, un homme parcourut lui aussi la rue, pénétra dans les logements, confia de mystérieux messages et fit ainsi d'immeuble en immeuble. Seul le fumeur, le long Paulo caché dans l'ombre regardait avec étonnement ce manège. Puis la nuit tomba et sembla tout dissoudre.

Nul ne pouvait voir ces fantômes qui se glissaient hors des portes cochères et s'enfuyaient en silence.

Le lendemain, dès l'aube, les présences en uniforme se multiplièrent. Les hommes entraient dans les immeubles, questionnaient les concierges et les locataires, consultaient les cartes d'identité, tout cela dans un silence relatif. La chasse aux Juifs. Pour la plupart de ces flics, de ces bourres, comme disait Paulo, il s'agissait d'un travail de routine : obéir aux ordres sans chercher à comprendre. Des hommes tempêtaient. Le résultat de la manœuvre s'avérait décevant. Bien des logis étaient vides. Portes enfoncées, courses dans les escaliers, visite des caves, recherche de toutes les caches possibles. Inconscients, les agents effectuaient leur travail. Que se passait-il dans leur tête ? Sans doute rien. Quelques-uns connurent-ils un soulagement en s'apercevant que des êtres avaient fui ? Nul ne saurait le dire. Devant leurs supérieurs, ils écartaient tous des bras navrés : « Que voulez-vous que j'y fasse ? Il doit y avoir eu des fuites. On les aura prévenus… » Un climat de suspicion.

Certes, quelques Juifs furent arrêtés, conduits avec un maigre bagage dans un car qui attendait au coin de la rue triste. Les hommes lugubres en civil consultaient des listes. Le recensement avait pourtant été bien fait. « Ces gens-là » montraient leur ruse et cela s'ajoutait à tout ce dont on les accusait depuis des siècles. Ils avaient osé ne pas se laisser arrêter. « Le Juif est… » et s'ajoutaient les mots les plus malsonnants, atroces, stupides.

Marc le cordonnier n'eut connaissance des faits que lorsqu'il fut interrogé, ses quelques livres feuilletés comme s'ils contenaient des papiers compromettants. Il assista à cela avec détachement, sans comprendre. Que pouvait-il ? L'époque était ainsi faite. Et des questions : « Connaissez-vous des Juifs ? » ou : « Pourquoi tous ces bouquins ? » Des Juifs ? Il ne demandait pas à ses clients leur identité, il ne regardait que l'état des chaussures. Des livres ? Pour les lire tout simplement. Mais pourquoi un simple cordonnier lirait-il ? Et ce poste de TSF ? Pour écouter de la musique, mais quelle musique ? Ils vérifièrent : le poste n'était pas branché sur la radio de Londres. Un bon point. Puis ils sortirent.

Après leur départ, à travers la vitre sale, Marc regarda vers les deux fenêtres de l'immeuble d'en face au premier étage. Les volets restaient clos.

Il pleura, Marc, il pleura comme il pleurait quand il était un enfant. Quand il pensait aux êtres, il imaginait leur enfance. Il avait connu Paulo, Lucien, d'autres petits garçons. Qu'en avait-il été de Mme Gustave ou de Rosa la Rose ? Des petites filles, peut-être à l'image de Myriam disparue ? Quel serait le destin de la, de *sa* petite fille ? La prison. Et sa grand mère, comment la supporterait-elle à son âge ? Ainsi, ces gens en uniforme pouvaient se mêler de changer le destin d'autres êtres parce qu'on le leur avait commandé. Où en était la France, la belle France des tableaux muraux de l'école ? Et la rue, la rue tranquille, sage, triste, à l'écart de tout. La rue veuve, orpheline. Et lui, Marc, désemparé, impuissant, maudissant le sort qui le clouait sur place. Cela hurlait en lui. Les livres ? Pour la première fois, il doutait. À quoi servaient-ils s'il ne contenaient pas de réponses. Il pensa que sa vie se terminait, qu'il devait mourir. Ces instruments de son métier aimé pouvaient aussi servir à son suicide.

Paulo le sauva. Le défavorisé par la nature arriva à point nommé pour apporter son aide au défavorisé par le sort. Non pas par les mots, car Paulo maniait mal la parole, mais par sa seule présence. Lui qu'on disait laid portait en lui plus que de la beauté, une force, cette puissance que beaucoup gardent en eux-mêmes sans le savoir. Un pouvoir réparti dans l'humanité entière, chez les plus humbles souvent. Le regard de Paulo rencontra celui de Marc le cordonnier et ce furent en premier les yeux qui s'exprimèrent.

Les paroles suivirent, maladroites, hésitantes, parmi lesquelles une phrase : « Et si elles revenaient et que tu ne sois plus là ? » Ces simples mots contenaient le trésor : l'espoir. Et Paulo enchaîna par une sorte de coq-à-l'âne :

– J'ai un talon usé. Tu pourrais pas arranger ça ?

Marc reprit ses outils. Paulo dit :

– Ces ordures n'ont pas pu tous les arrêter. Beaucoup ont été rencardés. Ils ont mis les bouts. Les flics l'ont eu dans le cul jusqu'au bout du manche. Les flics, mais surtout ceux qui commandent ces pantins : les collabos, les fridolins.

– En face, les volets sont tirés…

– Ça veut rien dire. Elles aussi ont peut-être mis les voiles.

– Tu as dit « peut-être ».

– Ouais, dit tristement Paulo, j'en sais pas plus.

Mais faut croire que parfois ça tourne du bon côté. Espère !

Espérer, c'est attendre. Marc le cordonnier, les yeux rouges, revint à son travail. Il n'était pas bottier, il n'était pas chausseur, un simple artisan qui ne crée pas mais qui répare, qui restaure. Il pensa à ces pieds qui glisseraient dans les chaussures, à ces gens qui marcheraient, courraient peut-être. Courir, il ne courrait jamais plus. Le temps, lui, se déplaçait lentement, à son rythme, au rythme de ce cœur qui battait en lui. « Peut-être », avait dit Paulo.

La rue triste, un peu plus triste, a retrouvé son calme. On pense aux absents. Souvent on ne les connaissait pas, tant ils menaient une existence furtive, enfermée dans ses craintes. Et puis, on oublie.

Le sous-sol de Paulo est devenu un arsenal. On lui demande moins de courses dans Paris. Revenu à ses petits boulots, il lave des automobiles, nettoie des vitres, donne des coups de main çà et là, gagne quelques sous, assez pour subsister. Que faut-il de plus ?

Il marche dans la rue portant la gamelle que Mme Gustave a préparée pour Marc. Cette fois, attention : ne pas se casser la figure !

Et voilà que, face à lui, apparaît M. Marchand. Il fait un pas de côté, Paulo lui barre le passage.

– Enfin, monsieur Paulo, vous m'empêchez de passer. Que voulez-vous ? Me lancer une de vos vannes, me mettre en boîte, eh bien, allez-y, je vous écoute.

Paulo pose sa main sur celle du bourgeois à l'endroit où il tient sa canne. Il s'approche. Le sourire narquois l'a quitté. Il dit sur le ton du respect en courbant la tête :

– Jamais plus, monsieur Marchand, jamais plus…

– Jamais plus quoi ?

– Jamais plus de vacheries, et pardon pour toutes les conneries même pas méchantes que j'ai pu dire. C'est juré : jamais plus.

– Mais qu'est-ce qui vous prend ? Voilà que vous n'êtes même plus rigolo. Et si je vous disais que vos piques et vos pointes me manqueraient. Enfin, pourquoi ?

– Vous le savez bien. En tout cas, moi je sais…

– Vous savez quoi ?

Paulo se pencha et parla tout bas au plus près de l'oreille de M. Marchand car le rebord du chapeau le gênait. Tandis que le bourgeois rougissait, Paulo ajouta :

– Là, je vous tire mon chapeau.

En fait, ce n'était qu'une casquette mais il se découvrit. Tout lecteur, toute lectrice l'a compris. M. Marchand était celui qui avait prévenu les Juifs du quartier de la prochaine rafle et Paulo l'avait vu, le savait.

Curieusement, pour la première fois, il tutoya Paulo comme on le fait avec un vieux camarade :

– Paulo, espèce de fouineur, tu vas la fermer ! Cette affaire-là, c'est entre moi et moi. Personne d'autre. J'ai mes secrets, tu as les tiens, je le sais. Sache que tu es mon camarade. Et continue à me chambrer. Ça paraîtra plus normal !

– D'ac. J'ai pigé. On la ferme tous les deux. Mais vous êtes mon pote !

Ils se tapotèrent les épaules, presque une accolade. Puis M. Marchand dit à Paulo :

– Au fait, je n'arrêterai pas Arsène Lupin. Tu sais pourquoi ?

– Non.

– Parce que Arsène Lupin, c'est moi !

Ils se séparèrent en riant. Une amitié venait de naître entre deux hommes les plus différents qui soient.

(À quoi bon narrer les événements de l'histoire ? s'interroge Sabatier Robert conteur de la rue triste. Tout le monde les connaît. La débâcle, Vichy, la nuit des nations, Pearl Harbour, Londres, Pétain et Laval, De Gaulle et la France libre, la Résistance, et puis le pire, ce qu'on apprendra beaucoup plus tard : les camps de la mort, la honte que devra porter non seulement un peuple, mais toute l'humanité puisque la suite montrera que les nations innocentes sont fort rares. Nous en revenons donc à la rue, la rue triste.)

Dans sa boutique, Marc le cordonnier travaillait avec une sorte de rage. Il lui arrivait de frapper du marteau sur ses clous avec violence, dans un climat de folie. Il fermait les yeux et se perdait dans un rêve confus : il se levait, il marchait, il allait au-devant des malfaisants, des bourreaux, sa voix tonnait, devenait une arme exterminatrice. Il était procureur, juge, bourreau. Il lui arrivait ainsi d'essayer de s'arracher à son fauteuil en piteux état, de tomber avec lui. Si un visiteur ne lui apportait pas de l'aide, après de nombreuses tentatives, agrippé au rebord de sa table de travail, il parvenait à retrouver sa place. Cet effort extrême le laissait anéanti. Il s'endormait parfois la tête posée sur ses bras.

À travers la partie un peu moins sale de la vitrine, il fixait ces volets de bois, se concentrait sur eux comme si sa volonté pouvait leur permettre de s'ouvrir, de montrer un pan de rideau écarté où apparaîtrait la petite Myriam lui offrant son sourire enfantin. Cette vision l'habitait à ce point que, saisi de vertige, il habitait mentalement ce qui n'existait pas avant de retomber dans la torpeur.

Le jour, la nuit pour lui se confondaient. Il ne dormait pas mais vivait des journées de demi-sommeil. Ses gestes devenaient maladroits, il travaillait mal. Enfermé dans son silence, des idées vagues traversaient son esprit. Lui qui ne croyait pas en Dieu ne croyait plus en l'Homme. Il devenait une sorte d'animal qui ne peut pas même marcher sur deux pattes.

La blessure. Celle d'un être né en lui, un être qui l'avait envahi, devenu lui-même : le père. Cette petite fille fragile, cet ange venu à lui à travers la brume d'une vitre sale, recelait toute la grâce, toute la musique, toute la beauté du monde et le temps l'avait effacée, Myriam, comme on efface un dessin d'un coup de gomme.

Ses amis, Mme Gustave, Paulo, assistaient, impuissants, à une déchéance. Marc le cordonnier, le beau garçon à la si belle figure oubliait de se laver, de se raser, prenait une allure sauvage, replié dans sa tanière comme un animal attaqué et qui a perdu la force de la lutte.

Lui parler d'espoir, nier l'irrémédiable, ils n'osaient pas, ces bons amis navrés car ils ne sont pas experts en mots, ceux qui rassurent ou qui consolent. Ils ne pouvaient offrir que leur présence.

Oubliant de s'alimenter, tout à sa hantise, entre vie et mort, Marc le cordonnier tomba de son fragile fauteuil. Plus tard, Paulo le trouva sur le sol, évanoui. Il appela la première personne passant dans la rue, un manœuvre d'usine qui revenait du travail. Sans grand effort car Marc amaigri restait sans poids, ils le portèrent jusqu'à son lit, tapotèrent ses joues, passèrent de l'eau sur son visage, l'obligèrent à boire quelques gorgées. Marc ouvrit les yeux, regarda le plafond, tout étonné de se retrouver là, dans ce lit, ayant oublié ce qui s'était passé.

Le grand Paulo ne savait que faire. Appeler un médecin ? Resté seul avec son ami, son frère, son intuition lui dictait qu'un docteur serait impuissant face à cette maladie qui s'appelait la détresse. Il resta là, son œil unique fixant les yeux de Marc. Il lui tenait la main comme pour lui communiquer un peu de sa force.

Le temps s'écoula. Paulo obligea Marc à se nourrir

si peu que ce fût. Le monde autour d'eux semblait ne plus exister. Les minutes, les heures coulaient. Des armées libéraient l'Europe de la folie. Partout la souffrance. Ce que disait Paulo : les mots du quotidien. Ce qu'il entreprenait : aider Marc à se raser à se laver.

Sans être visité par aucune inspiration, Paulo dit :

– Marc, tu as eu du courage, tu dois encore avoir du courage. Sans le courage, on ne peut rien faire, rien espérer. Courage. Ça peut, mon gars, te sauver mais aussi sauver les autres.

Ce simple mot « courage » fit son chemin dans la pensée de Marc. Dès qu'il put se lever, être transporté jusqu'à ce fauteuil que son ami avait consolidé avec des cordes, il se remit au travail et, cette fois, sans maladresse. Le mot « courage » alimentait son énergie. S'il fermait les yeux et voyait la petite fille disparue, il les rouvrait bien vite et fixait son ouvrage.

Les gestes du travail, l'habileté, le désir de parfaire retenaient toute son attention. Ces humbles chaussures, ces godasses, ces pompes, il leur redonnait vie et, en même temps, se redonnait vie à lui-même : Marc le cordonnier.

Lucien l'imprimeur demanda à Paulo de reprendre du service. Il s'agissait de transporter des messages entre différents groupes en divers lieux de la capitale. Pour cela, il se servait du triporteur. Il roulait très vite. Arcole, que certains appelaient « le capitaine », avait baptisé Paulo d'un nom de guerre : Spartacus. Quand Paulo l'apprit, il se demanda qui pouvait bien être ce personnage historique dont on lui donnait le nom.

Marc lui conta l'histoire de cet esclave révolté qui triompha bien des fois des puissantes armées romaines jusqu'à finir crucifié comme le Christ.

– Hé ! s'écria Paulo, c'est pas comme ça que je veux finir !

– Les gens comme toi, dit Marc, ne tombent jamais.

– Que Dieu… enfin lui ou un autre t'entende ! En attendant, quelqu'un qui sait m'a dit qu'il n'y en a pas pour longtemps. On va se libérer soi-même. Tel que je te le dis. Et mézigue sera présent !

– Et moi absent, dit Marc. Comme toujours : absent de tout et même absent de moi-même.

– Arrête de parler comme dans les livres ! lui enjoignit Paulo. On va en user des godasses ! Tu vas avoir du pain sur le planche. Et moi des vitres à réparer et plein d'autres trucs.

Il se cracha dans les mains, les frotta comme

lorsqu'on se prépare à un travail de force. Il jeta : « Et maintenant, à nous deux, Adolf, sale cochon ! »

Arriva ce temps où les révoltés se montrèrent au grand jour. Ainsi le capitaine Arcole et quelques hommes rejoignirent Paulo devenu Spartacus. La trappe fut ouverte. Apparurent des commandos civils venus d'un peu partout. Les armes furent distribuées. Paris jouait la carte de la victoire.

À son tour, Paulo se saisit d'un fusil et demanda à Arcole : « Comment ça marche ce truc-là ? » mais le capitaine lui reprit l'arme.

– Toi, dit-il, tu ne bouges pas. Au cas où les choses tourneraient mal, il faut préserver ta cachette, tu en seras le gardien.

Paulo protesta en vain. L'ordre. La discipline. Les armes distribuées, la trappe refermée, Paulo resta donc dans son entrepôt, ne sachant que faire. Puis il cloua des planches et inventa une sorte de matraque. À tout hasard.

Il fut heureusement rejoint par Rosa la Rose qu'on n'avait pas vue depuis quelques jours. Elle paraissait lasse, sans son habituel éclat, sans son regard brillant, son maquillage.

– Raconte, dit Paulo.

– J'ai dû planquer des gens, la nuit. Pas facile. Traverser Paname avec toutes ces patrouilles. On y est arrivés. Au retour, je me suis fait marron. Des fritz. Ils m'ont collée dans une piaule. Pas de violences. Une paire de claques, c'est tout. j'avais filé une mornifle à plus fort que moi. Alors…

– Alors quoi ?

– Ils m'ont tenue enfermée. Ils venaient l'un après l'autre. Tu n'as pas compris ? Il faut que je te fasse un dessin.

– Les ordures !

– Sauf un. Celui-là, il me l'a fait au sentiment. Il devait me prendre pour sa mère. Il a baragouiné qu'il m'aimait, qu'il voulait que je sois sa femme. Il m'a même inscrit sur un papelard son adresse en Bochie. Vise un peu…

– Tu parles d'un charabia ! s'exclama Paulo en lisant le nom incompréhensible d'un village.

Ils ne furent pas longtemps seuls. Parfois des hommes venaient simplement pour prendre du repos. Il fallut, à grand renfort de vieux matelas et de chiffons, improviser des couches.

– J'aurai tout fait. Me v'là hôtelier ! dit Paulo. Enfin, on en verra d'autres.

Onze

Un cliché. Pourquoi pas ? Tant pis si on me le reproche. Derrière une colline, la lente apparition du soleil levant. Des foules qui observent, qui attendent. Ce soleil rouge apparaît, embrase le ciel, semble peindre les nuages, puis il grandit, s'étend, déroule sa clarté dans la plaine comme un immense tapis de lumière. Et l'on entend une clameur, la même peut-être que dans l'ancienne Égypte quand apparaissait le dieu Râ.

Pouvons-nous une fois de plus décrire la liesse ? Qui ne la connaît ? Qui ne connaît les mots d'un général ?

À ce moment de notre récit, nous rejoignons une fois de plus un mince espace, celui de la rue triste. Là, pour une scène inattendue, il faudrait non pas user de la plume mais de la caméra. Elle parcourt le chemin des pavés rebondis, s'attarde sur un immeuble.

La rue défile et tout au bout apparaissent trois êtres humains : deux dames d'âge différent. Entre elles, une petite fille tenue par la main et qui sautille. Court vers elles une troisième femme : Rosa la Rose qui embrasse, serre contre elle sœur Évangeline (la bonne sœur et la putain, un peu facile, non ? mais il en est ainsi), embrasse la grand-mère puis la petite fille, les disparues, les revenantes. Elles savent quels sont leurs liens.

Ce sont les deux fugitives prévenues par M. Marchand de leur prochaine arrestation. Elles sont allées frapper à la porte de Mme Gustave qui a prévenu Rosa la Rose. Celle-ci s'est souvenue de l'hôpital où les sœurs l'ont soignée. Et c'est ainsi que la petite fille et sa grand-mère ont pu frapper à la porte des dames secourables. La sœur tourière les a conduites à la mère supérieure qui était en prière.

Dans la rue silencieuse, elles vont droit vers la boutique de Marc le cordonnier. Il est là dans le fauteuil branlant penché sur son travail. Et paraît l'éblouissement. Myriam, la petite fille vient se blottir contre lui. Pleurs et rires se succèdent. Plus tard, la grand-mère parle :

– Durant tout ce temps, j'ai fait la cuisinière. La mère supérieure me reprochait de faire de trop bons repas. Mais je ne sais pas en faire de mauvais. Et

Myriam avait son lit dans une chambrée avec une feuille de température pour faire croire qu'elle était malade. Tout ça grâce à sœur Évangeline.

Cette dernière se tenait en retrait sur le pas de la porte, regardant vers la rue comme pour s'enfuir. Ce fut la parole de Marc qui la retint :

– Merci, Évangeline, vous m'avez sauvé deux fois.

Sans se choquer qu'il prononçât son prénom, la sœur répondit :

– Non, Marc, c'est Dieu qu'il faut remercier.

– Alors, remerciez-le pour moi car nous ne nous connaissons pas.

– Je l'ai déjà fait, je le referai.

Elle regarda Marc avec un mélange de tristesse et d'attention profonde. Pouvait-il deviner qu'il était son amour interdit ?

La grand-mère lui prit la main et la baisa. La petite fille, du bout des doigts lui adressa des baisers. Marc le cordonnier posa ses mains sur la table comme pour se lever et retomba sur son fauteuil. Pour un instant il avait oublié son infirmité. Il dit :

– Au revoir, ma sœur, revenez…

Mais sœur Évangeline ne reviendrait pas.

La petite Myriam regardait ces morceaux de cuir ou de caoutchouc, ces outils, ces souliers en attente et ceux déjà ressemelés comme des jouets merveilleux qui se transformaient sous des doigts habiles. Elle retrouvait ses sensations perdues durant quelques semaines. Et Marc le cordonnier si doux, si attentif, bienveillant. Il était resté le même, le visage amaigri pourtant et ses cheveux coulaient dans son cou comme des vagues.

Sa grand-mère regardait de l'autre côté de la vitrine, en face, ses volets fermés. Son logis était trop modeste pour avoir été pillé ou occupé par d'autres. Elle serrait dans la main cette clé qui ne l'avait pas quittée et qui représentait tous ses espoirs.

– Marc, dit-elle, il nous faut vous quitter. Viens, ma petite. Tu sais : maintenant, nous allons pouvoir ouvrir le piano et tu reprendras tes leçons. Nous jouerons ensemble et notre ami nous entendra.

Ce n'était pas une séparation. Seuls quelques mètres de distance entre eux. Et le bonheur retrouvé ou presque car la guerre se poursuivait en Alsace et la vieille femme pensait à ceux qui n'avaient pas connu sa chance. Où étaient-ils ? Le travail forcé sans doute. Nul n'imaginait le pire.

Qui se serait douté qu'en pays de liberté désormais, Rosa la Rose, Rosa qui avait sauvé deux êtres,

Rosa, qui avait aidé Paulo à accueillir et à soigner, allait devenir une proie pour des fanatiques ?

Dénoncée, on ne savait par qui, elle fut arrêtée par des résistants vrais ou faux, par une populace livrée à elle-même et manifestant sa cruauté.

Elle se retrouva parmi d'autres femmes comme elle molestées humiliées, toutes accusées d'avoir eu des rapports physiques avec l'ennemi. Le pire, pour Rosa la Rose, fut qu'en la fouillant on découvrit ce feuillet qu'elle avait oublié de détruire avec l'adresse d'un soldat allemand.

Entourée de ces femmes misérables soumises à la colère du peuple, insultes et crachats, un instant elle s'oublia elle-même et sentit grandir en elle une force insoupçonnée. Elle fut la seule à se tenir droite, à croiser ses bras sur la poitrine et à regarder les tortionnaires en face. Des coups la firent fléchir, elle se redressa aussitôt.

Elle aurait pu jeter des protestations, se défendre, expliquer, dire son rôle dans l'insurrection mais elle ne le fit pas. Elle, la prostituée, se sentait un devoir : partager le sort de ces malheureuses, ces déshonorées par ceux qui ne se doutaient pas du déshonneur de leurs actes mais, au contraire, affichaient ce qu'ils estimaient être justice et patriotisme.

Quelques heures plus tôt, elle connaissait le

bonheur auprès d'une bonne sœur, d'un cordonnier et des deux Juives sauvées par elle. Et voilà que des juges improvisés, des bourreaux de trottoir décidaient d'elle, de sa vie peut-être.

On le sait : ce ne fut pas la guillotine mais les ciseaux et les rasoirs. Elles perdirent ce bien cher à toute femme : leur chevelure, et se retrouvèrent avec des têtes de forçats, certains crânes étant même marqués de croix gammées en rouge.

Envahie de dégoût, non pas de celui de son sort misérable mais envers les actes que ces ignobles inconnus jaillis de la foule venaient de commettre.

Rosa la Rose cessa de penser.

Elle retrouva sa chambre, enfonça un béret sur sa tête, prépara une valise, réunit quelques économies et se dirigea vers la gare la plus proche. Là, elle acheta un billet pour la destination en France la plus éloignée de Paris. Ainsi Rosa la Rose s'évanouit dans la nature, ne revit jamais plus la rue triste, ses souvenirs, ses amis. Seuls ces derniers se souvinrent d'elle. Et le temps passa.

Tandis que tout reprenait vie, et même les affaires courantes, Marc le cordonnier reçut une convocation de l'administration des impôts. Il répondit par lettre en indiquant son impossibilité de se déplacer. Un inspecteur lui fut dépêché.

Ce fonctionnaire lui fit fort poliment quelques observations : sa déclaration annuelle n'était pas conforme aux normes. Rien ne lui était reproché, sa déclaration pas mise en doute. Mais plutôt ce qu'elle contenait d'insatisfaisant au regard de la loi et des usages.

– Voilà, dit l'homme. Visiblement, vous avez fait votre possible mais que de lacunes. Tout d'abord, je lis votre prénom : Marc, mais vous avez bien un nom ?

– C'est ainsi qu'on m'appelle. Mon nom, je l'ai oublié après l'école. C'est Lelièvre, Marc Lelièvre, mais après avoir appris la fable de La Fontaine : « Rien ne sert de courir… » (ce que j'aurais dû mieux écouter), mes copains se sont mis à m'appeler « la tortue » ou « le lapin »…

– Nous rectifierons. Mais c'est un véritable chaos. Tantôt vous vous trompez de ligne, tantôt ce n'est guère lisible, on ne trouve pas votre registre de commerce, etc. Je vais vous aider à rédiger tout cela.

– C'est aimable de votre part. J'ai traversé une mauvaise période et…

– Comme nous tous. Montrez-moi donc votre registre.

– Mon registre ? Voilà…

Marc montra un calepin où il inscrivait jour après jour les sommes touchées.

– C'est tout ? demanda l'agent du fisc en feuilletant le calepin. Et je constate que pour un ressemelage complet vos tarifs sont variables.

– Mon ancien patron m'a indiqué des tarifs. Seulement, voilà, ils varient selon que...

– On appelle cela « à la tête du client ».

– Non, à sa bourse. Pour les personnes aisées, j'applique le tarif. Pour les pauvres, c'est un peu moins cher. Et parfois, gratuit.

– Hum ! Il n'existe pas d'interdit dans ce domaine. Mais vous devez tenir une comptabilité sur un registre, à la plume et non au crayon-encre.

– Mon père le faisait. Son registre est là, derrière vous, le deuxième rayon, à côté des livres.

Apparut dans les mains du visiteur un registre de grand format, cartonné, fermé par un cordon de cuir. Il l'ouvrit, le posa devant Marc. Il était couvert de lignes indiquant de manière détaillée chaque travail et donnant des chiffres clairs.

– Il reste bien des pages blanches. Vous pourrez continuer. Bon sang, ce que c'est bien écrit !

Marc voyant ces lignes bien droites, cette écriture penchée aux lettres bien formées, avec pleins et déliés, ces majuscules ornées, se sentit ému. Il se souvint de son père. La journée terminée, il se lavait soigneusement les mains pour transcrire sur le registre les petites notes du jour.

– C'est magnifique ! Vous allez continuer n'est-ce pas ?

– Je vais essayer. Jamais je ne ferai si bien, avoua Marc.

– Je vous rassure. Tout est pour le mieux. Je crois vous dire que vous n'aurez pas beaucoup d'impôts à payer. Vous gagnez peu.

– Assez pour vivre, dit Marc.

Ce court moment, cette visite relèverait du quotidien, de l'anecdote. Nous l'évoquons car il semble que dans nos destins l'incident le plus banal peut avoir des conséquences sur le cours d'une existence.

Marc le cordonnier feuilleta ce grand livre, reflet d'une vie et même de deux puisque son grand-père en commença l'écriture et que son père la poursuivit.

Il tourna les pages, celles recouvertes de ces belles écritures d'antan, puis les pages vierges avant d'en arriver à la dernière. Là, il trouva une poche de cuir d'où émergeaient divers papiers qu'il prit pour les lire un à un : tout d'abord des feuillets avec l'indication « carte d'électeur », des cartes rouges portant les mots « Comité d'action et de défense républicaine », des cartes postales datées d'avant la guerre de 1914 avec quelques mots et des signatures de gens que Marc ne connaissait pas, des feuillets détachés d'ouvrages techniques touchant à son métier. Ce qui retint le plus son attention : une photographie montrant deux hommes en tablier de cuir : son grand-père et son grand-oncle arborant de superbes moustaches. Et puis d'autres feuillets extraits d'un journal professionnel où il lut : *Divers hommes savants qui honorèrent la cordonnerie, d'après le Dictionnaire de M. Pierre Larousse et d'autres ouvrages.* Marc le cordonnier, Marc le dévoreur de livres lut avec étonnement des noms inattendus tous venus de la cordonnerie, l'ayant exercée leur vie durant ou s'étant voués à des activités savantes. Quelle magie avait poussé ces travailleurs vers d'autres domaines ? Marc y réfléchirait longuement.

Il lut des noms connus ou inconnus de lui : l'Allemand Hans Sachs, auteur de comédies, l'Américain Robert Sherman devenu homme d'État, Fox qui fonda la secte des quakers, l'Anglais John Brandt entré à Oxford et auteur de livres savants, David Parcus métamorphosé en théologien, une foule de savants et d'écrivains : Bloomfield, Gifford, Holcrofft, Winckelmann, et même Linné, le fondateur de la botanique.

Il s'étonna de trouver le pape Urbain IV, saint Roch. Et tant de Français : Balduin, Lestage, Sellier, le poète Jean-Baptiste Rousseau, Rigaut qui fit un rapport à l'Académie en indiquant dans une lettre jointe : « Je ne suis, messieurs, qu'un ouvrier cordonnier. J'ai étudié, appris les mathématiques seul… »

Et puis les cordonniers amateurs comme Blaise Pascal qui fit des bottes dans sa jeunesse ou Rivarol dont c'était le violon d'Ingres.

Marc le cordonnier pensa à sa condition. Cette liste lui apportait une fierté artisanale. Il avait le plus beau des métiers. Oui, les cordonniers pouvaient aller « plus haut que la chaussure ». Non, il ne nourrissait pas les ambitions de ses illustres confrères. Il n'écrirait pas, ne quitterait pas sa profession mais quelque chose de beau, de puissant naissait dans sa tête, un projet gratuit, sans autre ambition que lui-même.

Il regarda ses outils : compas, gouge, lissoir, tranchet, marteaux, les caressa du regard, les aligna. Puis il fixa ses mains rudes, autres outils. Il toucha sa poitrine, ses cuisses. Le bas de son corps restait vivant tout en étant mort. Le sang y circulait. Il lui fallait se pencher, déplacer ses jambes avec ses mains comme des objets. Il pratiquait tant et tant ces gestes quotidiens qu'ils devenaient automatiques. Les poings sous le menton, il pensa et repensa avec cette tête intacte, entière, ce cerveau, merveilleux instrument de perception, de connaissance.

Il savait désormais ce qu'il ferait de sa vie et ce monde blafard, cette boutique misérable aux vitres sales, cette rue triste, ce lieu, ces fenêtres en face de chez lui ouvertes à nouveau, cette petite fille sauvée devenue une sorte d'ange gardien, ces amis prévenants, généreux. Il lui semblait voir dans une soudaine illumination, dans la période la plus misérable, toute la beauté du monde.

Douze

(tant et tant d'années plus tard…)

Plus de soixante années se sont écoulées.

Qui se souvient que cette rue a été appelée « la rue triste » ? Elle s'est métamorphosée. Les trottoirs éclatés, les pavés au dos arrondi ont été remplacés par les surfaces lisses du goudron et de l'asphalte. Des immeubles ont été ravalés, d'autres démolis et effacés par de neuves constructions. Tout semble nouveau, frais, éclairé.

Peu à peu, les commerces se sont multipliés. Les habitants, à quelques exceptions près, sont plus jeunes, plus remuants. Plutôt que rester chez eux, ils aiment sortir, parcourir les lieux, s'arrêter dans les magasins.

Là où se trouvait la remise que Mme Gustave prêtait à Paulo exerce un antiquaire spécialisé dans les statues, les plaques de cheminées, les meubles anciens, les tableaux. Le bistrot de l'ancien bougnat, si longtemps tenu par sa veuve, est devenu un restaurant chinois.

Bouchers, charcutiers, épiciers, boulangers... le commerce est florissant. On trouve aussi une école de dessin, un institut de beauté. Les vitrines, les étalages sont attrayants.

Et, dans cette rue si vivante, telle une sentinelle du passé, subsiste une boutique d'autrefois, celle du cordonnier, de Marc le cordonnier. Elle a peu changé sinon que le bois a été repeint, qu'un rideau de fer a remplacé les volets de bois, que les vitres jadis si sales sont éclatantes de propreté, qu'elles accueillent la lumière.

Comme il se fait souvent, à la fin d'un film où des personnages ayant existé sont représentés par des acteurs, après le point final, des bandeaux imprimés indiquent ce que sont devenus les survivants de l'histoire. Ainsi les imiterons-nous.

Paulo, le long Paulo, si éloigné des canons de la beauté, laid pour le commun des mortels, moqué, humilié souvent, affublé de sobriquets faciles inspirés par son long nez, l'absence d'un œil, une démarche zigzagante, mais aussi Paulo qui pour gagner sa croûte donnait des coups de main, des « coups de pogne », comme il disait, ajoutait à ses services quelque chose d'imperceptible : le plaisir d'apporter de l'aide, de pratiquer, le cas échéant, quelque innovation domestique, de se réjouir du contentement de l'autre. En un mot, Paulo était au quotidien une sorte de bienfaiteur, un brave type.

Il est mort Paulo vers l'âge de cinquante ans d'un arrêt du cœur. Il s'est éteint en silence, avec discrétion, veillé par Mme Gustave, enterré grâce à son initiative. Quelques-uns ont dit : « Tiens, on ne voit plus le borgne », et ce fut tout.

Mme Gustave a disparu un an plus tard. Certains ont dit : « Elle est morte de sa belle mort. » Nul ne sut qu'elle était, depuis de nombreuses années, atteinte par le cancer, ce qu'elle cacha jusqu'à l'inéluctable.

En ce temps-là, comme la rue était triste !

De rares familles juives échappées à l'horreur sont revenues. Les logis, même pillés, n'avaient pas été occupés : trop modestes pour cela.

La grand-mère et Myriam, la petite fille curieuse, l'amie de Marc, celle qui voulait être cordonnière et connut une destin tout autre, la guerre terminée retournèrent dans leur Alsace natale. Les parents de la petite fille, déportés, ne revinrent pas. L'espoir dura quelques mois puis s'éteignit. La grand-mère éleva sa petite-fille. Elle échangea durant quelques années une correspondance avec Marc le cordonnier. Il apprit ainsi que cette petite fille qu'il imaginait devenir une grande pianiste faisait des études de droit. Plus tard, elle se spécialisa dans le droit international, participa à de nombreux congrès et épousa un confrère. Elle vit à Tel-Aviv. Elle vit aussi à tout jamais dans le souvenir de Marc le cordonnier comme la petite fille qui se haussait sur la pointe des pieds pour le regarder ressemelant des chaussures.

Et Marc, Marc le cordonnier de la rue triste ?

Des milliers de jours et de nuits se sont écoulés. Marc est toujours là, derrière sa table de travail. Il a fait sienne une devise d'Ovide : « Laisser passer les jours sans les compter. » Il est né il y a de cela près de quatre-vingt-dix ans. Son âge lui importe peu. Son visage ? L'abondante chevelure est blanche. Le visage est resté lisse. Pas trace de souffrance ou de désespoir. Le calme. Un regard attentif, même rieur. Un sourire à peine esquissé. Les mêmes gestes adroits pour faire son métier.

La clientèle s'est raréfiée. De nouvelles manières de se chausser sont apparues. Les chaussures sont-elles usées qu'on ne les fait pas réparer : on les remplace par de nouvelles. Qu'importe le gaspillage ! Il reste cependant quelques fidèles. Et Marc n'a pas de gros besoins. Il n'est pas seul : un apprenti le seconde. Il faut perpétuer le métier même s'il reste à craindre qu'il disparaisse un jour.

La boutique n'a guère changé. Quelques aménagements. Des rayonnages sur toutes les surfaces murales. On y voit autant de livres que de souliers. Cet océan de pages se poursuit dans l'arrière-boutique, rayons surchargés et aussi piles à même le sol. Durant toutes ces années, Marc s'est plongé dans ces flots. Qui en établirait l'inventaire aurait l'impression d'en imaginer divers possesseurs tant ils touchent à toutes les disciplines du savoir. Dirait-on de lui qu'il est un autodidacte qu'il refuserait ce noble nom car il n'a jamais souhaité accumuler les connaissances. Non, il reste simplement un curieux, un lecteur amené peu à peu d'un livre vers un autre livre, d'une œuvre à une autre pour ce qu'il appelle comme les rois : « Pour notre bon plaisir. »

Il n'a jamais écrit ailleurs que dans son livre de comptes et quelques lettres. Jamais la moindre ambition de quitter son métier ne l'a traversé. Lire et travailler lui procurent le même bonheur. Il lui semble même que les deux vont de pair et multiplient son attachement à toutes choses.

Ont surgi au fil des années deux modifications importantes dans son mode de vie. Il avait pour client un homme élégant qu'il baptisait en secret « le dandy ». Toujours bien costumé et soucieux d'une petite note discordante, un col qui rebique ou une pochette désassortie, pour mettre en valeur le costume. Ce dandy professait un culte pour les souliers, qu'il collectionnait, regrettant sans doute de n'avoir que deux pieds plutôt que mille pour les porter. Toutes affirmaient l'art des grands chausseurs. Il demanda à Marc s'il pratiquait l'art de préserver des ravages du temps ces idoles. Marc répondit en médecin du cuir. Après avoir réuni des ingrédients et procédé à diverses expériences, les cures de rajeunissement se poursuivirent, Marc connaissant aussi bien la partie visible que la semelle. L'original visiteur tint à le payer généreusement. De plus, ayant changé de poste de télévision, il lui fit cadeau de l'ancien, ce que Marc n'osa refuser.

Ce fut une intrusion dans son domaine. La curiosité le poussa vers un univers nouveau pour lui et qui provoqua son étonnement. Il vit des émissions où une foule de spectateurs, face à un présentateur que jadis on eût qualifié de vulgaire pour ses propos et ses grimaces, se livraient à des rites sans grâce, riant de tout, se balançant en cadence au moindre son de musique, applaudissant à quelque sottise ou quelque bonne réponse à une question facile, et même s'applaudissant eux-mêmes comme dans un ballet absurde mais bien réglé. Ces batteurs de mains Marc les baptisa « les otaries ». Il changea de chaîne, s'arrêta à des débats politiques ou économiques où les arguments se croisaient, se chevauchaient, se diluaient, s'engluaient dans la certitude des banalités prononcées sur un ton péremptoire, le but devenant de tenir la parole le plus longtemps possible chacun aux dépens de l'autre. En recherchant les émissions dites culturelles, il s'aperçut que le mot « culture », changeant de sens, s'appliquait désormais à n'importe quoi et tenait fonction d'alibi et de gargarisme. Il effaça dès lors ce mot de son vocabulaire, lui préférant « civilisation ». N'avait-il pas entendu parler de « culture du crime » !

En cela, peu de gravité. Il suffisait de ne pas regarder. Alors, il retrouva la radio et découvrit la musique, sa passion. Aux grands compositeurs qu'il connaissait s'en ajoutèrent d'autres. Envahi par ces accords, il s'aperçut avec amusement qu'il réglait les gestes du travail des mains comme sur l'impulsion d'un chef d'orchestre.

Apparut un troisième temps. Le dandy lui conseilla de s'abonner à des chaînes privées. Là, il trouva son bonheur : des émissions sur l'archéologie, l'histoire, les religions et surtout la nature. Lui qui n'avait jamais vu la mer put s'attarder à regarder le mouvement des vagues contre les rochers, des marées sur les plages, les colonies d'oiseaux de mer. Il pouvait ainsi fixer des images dans sa tête et même s'imaginer être un grand voyageur, celui de tous les continents, pays et villes. S'ajoutait la beauté des paysages (il n'avait pas non plus connu la campagne), monts et vallées, forêts et prairies. Ces images lui offraient de surcroît une meilleure compréhesion de tout ce qu'il avait lu. Hélas ! apparaissaient aussi les images des tortures, des anéantissements, des déportations ignorées dans sa prime jeunesse et découvertes jusqu'à briser en lui durant des années toute confiance en l'homme. Ainsi, il pleurait le passé, le présent sans l'espoir que la folie cesse dans l'avenir. Pour un peu, il aurait fait l'éloge d'un univers où les êtres seraient comme lui voués à l'immobilité, aux belles rencontres du savoir, au travail quotidien.

Avant de décrire la seconde modification dans le mode de vie de Marc le cordonnier, de nouveaux bandeaux à la fin du film sous la rubrique « Que sont nos amis devenus ? ».

Lucien l'imprimeur, la paix revenue, dut vendre sa modeste imprimerie. Il fut typographe, massicotier, linotypiste avant de trouver, grâce à sa connaissance du métier et à quelques relations, un emploi de prote (contremaître) dans les presses d'un journal du Sud-Ouest. Cinq années plus tard, il en fut directeur. Puis il prit sa retraite et vécut à Quinsac entouré d'une nombreuse famille. Bientôt, il fut nommé maire d'une commune voisine où il officia jusqu'à sa mort à l'orée du nouveau siècle. Jamais il ne fit allusion à son action dans la Résistance.

M. Marchand, au contraire, reçut les honneurs, prouva sa fidélité au service de l'État, monta en grade, quitta la rue pour habiter un immeuble de luxe dans le 7e arrondissement au plus près des ministères. Il cessa ses fonctions administratives mais aussi vitales à la suite d'une rupture d'anévrisme.

Nous en venons au capitaine surnommé Arcole. Il poursuivit avec succès une carrière militaire. Comme pour beaucoup, la suite de ses activités, par devoir d'obéissance, puis de désobéissance, fut paradoxale. Le libérateur dut, sur ordre, combattre d'autres libérateurs en Indochine devenue Vietnam, puis en Algérie. Il était colonel quand il eut un parti à choisir. Ce fut l'OAS, et lui qui gardait pour but de devenir général, ne reçut pas d'étoiles et fut mis à la retraite d'office.

Et Rosa la Rose, qu'est-elle devenue ? Nous l'avons

dit : elle prit le train et s'effaça dans la nature. Nous pourrions lui inventer un destin. Reprend-elle son métier de prostituée ? Épouse-t-elle un fermier ou quelque autre garçon ? Fonde-t-elle une famille ? À défaut de données, nous laissons au lecteur ou à la lectrice, selon son imagination, l'option de faire son choix, participant ainsi, à sa manière, à cette petite histoire.

Le plus important changement dans l'existence de Marc le cordonnier fut dû à la technique. Le fauteuil baroque construit par Paulo ne put résister longtemps. Une chaise le remplaça et multiplia les difficultés de déplacement même dans un espace aussi étroit. Une cliente eut l'idée de lui montrer un catalogue d'objets de mobilité pour handicapés. Il le feuilleta sans rien en attendre jusqu'à ce qu'il vît la représentation d'un fauteuil à impulsion électrique équipé de tous les instruments du confort et pouvant rouler jusqu'à huit kilomètres-heure. Moyennant un crédit de vente, il en fit l'acquisition et toute sa vie en changea.

Habitué au seul voyage possible, celui d'un espace réduit mais par la grâce des choses contenant l'essentiel de sa vie : les outils et les livres, voilà que, grâce à la technique, sa vision s'élargissait. Sortant de sa boutique au moyen de cet engin si bien maniable, il devenait Marco Polo ou Christophe Colomb à la découverte d'un nouveau monde.

Pour sa première sortie, il parcourut d'un bout à l'autre et retour cette rue, sa rue qu'il ne connaissait pas. Découverte oui, car elle ne correspondait plus en rien aux souvenirs d'une lointaine jeunesse qu'il en avait gardés, à l'époque où il jouait au coureur de fond partant à la conquête d'une capitale. Des clients qu'il connaissait le saluèrent sans paraître s'étonner de cette innovation. Et lui avait le désir, tel un enfant qui vient d'accomplir un exploit, de leur crier : « Regardez ! C'est moi ! Voyez comme je me déplace bien !... »

Seul, son apprenti, un petit garçon pas très futé, lui fit part de son admiration comme s'il se trouvait en présence du héros d'une compétition sportive. Et n'allait-il pas jusqu'à lui envier le fauteuil roulant comme s'il était un jouet ou un robot !

Pour ses premières sorties, Marc ne s'éloigna pas de la rue. Il connut ce plaisir de faire ses courses lui-même, aux étalages et même dans les boutiques quand l'agencement le permettait. Tout l'émerveillait : acheter du lait, du fromage ou ces cerises qu'il trouvait si jolies, si brillantes, petits bijoux fournis par l'arbre et qu'il n'osait pas porter à sa bouche. Les couleurs, les formes, les parfums des légumes et des fruits l'enchantaient. Il fit l'acquisition de roses rouges et d'une plante verte pour orner son atelier.

Vint le temps où grâce à la maniabilité et à la vélocité de son appareil, il décida de se rendre au-delà de sa rue. Il regardait toujours le vieux fauteuil de Paulo relégué dans un coin de l'atelier. Un client amateur d'objets bizarres lui avait proposé de l'acheter. Il répondit que cette antiquité ne lui appartenait pas. L'héritage de Paulo…

Il dépassa donc les frontières invisibles de sa rue.

Par parenthèses, lecteurs, lectrices peuvent se demander quel est le nom de l'ancienne rue « triste ». L'auteur – par caprice ? – ne le dévoile pas. Il garde ses petits secrets et s'en remet à la curiosité, à la sagacité, à l'imagination de qui le lit.

Voici que Marc le cordonnier redécouvre les lieux arpentés dans son enfance. Il reconnaît un petit jardin public où il jouait aux temps heureux. Ce sera son lieu de prédilection. Il se place toujours au même endroit, un livre à la main, près d'un arbre. Entre deux pages, il en observe le tronc. Là vit tout un univers, celui des insectes, dont nul ne se soucie. Il observe comme on le ferait pour une autre planète.

Ce monde en réduction lui apporte un ravissement inexplicable.

Il voit jouer les enfants. Autant que les jouets nouveaux, les tas de sable, les balançoires contribuent à leur fête. Autrefois, des chaisières demandaient une contribution à qui empruntait une de ces chaises de fer remplacées par des bancs.

Enfin, il y a les oiseaux, pigeons, moineaux, merles… Il les observe aussi, tente de capter leur regard, les voit s'envoler, ce qui l'amène à une méditation : l'être humain peut marcher, courir, sauter, nager, il ne peut pas voler sans le secours d'un appareil. Lui aussi a son infirmité, moins grave que la sienne, mais existante. Il pense à Icare.

Demain, il partira plus loin à la conquête de la ville. Merveilleux fauteuil électrique ! Tout lui semble désormais permis. Il est devenu un explorateur. Il évite les rues dites piétonnières parce que tous les magasins s'y ressemblent. Il recherche le nouveau, l'inattendu, l'incongru, ce qui reste d'une ancienne civilisation ou ce qui naît de ce curieux siècle. Et, ô merveille, apparaissent les boîtes d'un bouquiniste devant une boutique assez grande où l'on vend aussi des livres rares réservés aux collectionneurs.

Nous voyons ses mains rudes s'assouplir pour extraire un livre (il n'aime pas le mot « bouquin ») et le feuilleter. Un ouvrage, un autre… il remet avec soin en place ceux qu'il a déjà lus ou qui lui semblent peu intéressants, encore qu'il pense que dans chacun d'eux se trouve quelque chose à prendre ou à apprendre.

– Alors, monsieur, vous trouvez votre bonheur ?

Il s'agit du libraire, un homme jeune, sur son pas de porte. Son « bonheur » oui, il doit bien s'agir de cela. Ils conversent. Puis le libraire l'invite à visiter son royaume, lui montre de vieux livres, des illustrations. Ils sympathisent Peu bavard habituellement, Marc laisse couler sa parole :

– Je cherche un livre comme Diogène cherchait un homme. Un livre qui sans doute n'existe pas. Il ne contiendrait que des réponses. Au lecteur de trouver les questions qui alors deviendraient elles-mêmes réponses.

– Êtes-vous philosophe ? demande le libraire.

– Non, philosophe ! non. Je suis cordonnier.

Marc achète un livre plus par politesse que par désir. Le libraire parle. Qui croirait que ce jeune homme tout de velours vêtu, le crâne rasé comme un Mongol, connaisse autant de choses ? Et comme cet échange est riche d'agréments ! De plus, le libraire s'adresse à lui comme s'ils avaient le même âge, celui des instants qu'ils vivent en commun. Leur propos s'étend à la musique, à la peinture moderne que Marc connaît mal.

Ainsi, Marc le cordonnier rendit visite de temps en temps à son nouvel ami. Un jour, en l'absence du libraire, une jeune fille tenait la boutique. Tandis qu'il consultait les rayonnages, il vit qu'elle tapait sur les touches d'un ordinateur. Elle lui tournait le dos. Il s'approcha et regarda ce qu'il considérait comme un jeu. À son gré, la demoiselle déplaçait les images sur lesquelles courait une flèche minuscule tel un oiselet curieux. S'apercevant d'une présence, elle demanda à Marc :

– Vous n'êtes pas internaute ?

– « Internaute » comme Argonaute ou « astronaute ». C'est amusant. Non, vraiment, je ne connais pas ces appareils et, vous voyant vous en servir, j'ai l'impression d'être comme un petit enfant qui n'est jamais allé à l'école...

L'internaute lui expliqua toutes les possibilités de cette petite boîte qui pouvait révéler tant d'informations, permettre tant de communication. Cela l'étonna, l'émerveilla. Il se sentit vraiment non seulement d'un autre siècle mais aussi de tous ceux qui l'avaient précédé.

– C'est plus facile que vous ne le croyez, lui dit la jeune fille. Je pourrais vous apprendre...

Elle reprit son travail. Marc déplaça son fauteuil et réfléchit. Puis il se décida à parler :

– J'accepte votre proposition, mais, si vous le voulez bien ce sera pour plus tard, bien plus tard. J'étudie le grec ancien, mes progrès sont lents, et il faut bien que j'en vienne à bout.

– Le grec ? Pourquoi le grec ?

– Si je le savais ! répondit Marc.

Il remercia la jeune fille avec chaleur. Elle lui sourit. En roulant dans la rue, Marc se répéta qu'il n'était pas opposé au progrès mais que le progrès se refuserait peut-être à lui.

Pourquoi se montrait-il satisfait de cet échange ? Cette jeune personne lui avait témoigné de l'intérêt. Ils avaient échangé des paroles normales.

Marc avait en effet remarqué, lors de ses conversations avec des commerçants, qu'il existait un langage destiné aux gens âgés, une forme du langage « bébé » ou de celui qu'on réserve aux malades. Ainsi, sur un ton faussement apitoyé, avec un soupçon d'ironie, un zeste de supériorité :

– Alors, monsieur, ça va la santé ?

Marc le cordonnier répondait d'une voix claire et juvénile :

– Fort bien, monsieur, et qu'en est-il pour vous-même ?

Cela laissait désemparé. Ou bien quelque nigaud, croyant avoir de l'esprit jetait : « Merci, jeune homme ! » ou : « Au revoir jeune homme ! » Ce qui agaçait Marc le fit bientôt sourire et il retint toute réplique.

Marc, au fond, aimait bien les gens. Il les jugeait fragiles, plus que lui-même. Assis à quelque terrasse, il regardait les passants, jeunes, moins jeunes, vieux, hommes ou femmes, et tentait d'imaginer leur naissance, leur vie, leur fin. Certains marchaient solitaires, comme des automates, un téléphone portable à l'oreille, attentifs comme si leur vie en dépendait. La population dans son ensemble semblait plus jeune qu'autrefois et si apparaissait quelque vieillard ou vieillarde, marchant mal, supportant maladie ou handicap, il se désolait de ne pas pouvoir lui apporter secours. On n'employait plus le mot « clochard » mais SDF. On ne mendiait pas, on faisait la manche et cela paraissait naturel. Jamais aucun quémandeur ne s'adressait à lui et il devait faire la démarche d'aller au-devant de lui, le laissant étonné, d'autant qu'il ajoutait à sa pièce des mots aimables et un sourire avec cette impression que cela comptait plus que l'obole.

Ainsi, Marc, si longtemps reclus dans sa boutique, renouait avec la vie réelle. Une renaissance qui lui faisait oublier son âge. Mais il fallait rentrer bien vite : le travail n'attend pas, dit-on.

Une année se terminait. « Une de plus, une de moins ! » dit la voix populaire. Marc sur son fauteuil magique se déplaçait lentement car, sur cette avenue commerçante, au moment des achats de Noël, cadeaux et victuailles, il y avait foule. On entendait les coups répétés de klaxon des automobiles, des éclats de voix, le vacarme.

Lorsque Marc rejoignit une petite place, il éprouva l'impression que le tapage se poursuivait dans sa tête. Il eut du mal à franchir un trottoir puis se retrouva face à une église située sur un promontoire. Il s'arrêta sur le côté pour reprendre un souffle qui venait à lui manquer. Il ferma les yeux pour s'accorder un temps de repos.

Un souvenir, tel un fantôme, le visita. Il gisait, accidenté. Un visage se penchait sur le sien, celui de la religieuse. Il chercha son prénom. En vain. Sa présence protectrice le rassurait. Il entendit une voix lointaine lui murmurer : « Sœur Évangeline », comme la voix d'un souffleur dans un ancien théâtre. Sans elle, aurait-il vécu, aurait-il trouvé la force de survivre ? Tout le temps de l'hôpital, puis de la convalescence, elle l'avait assisté, lui communiquant une force intérieure, mystérieuse. Oui, sœur Évangeline. Il se souvint qu'elle s'éloigna de lui, l'évita comme s'il n'avait plus besoin de ses soins.

Plus tard, Paulo, le grand flandrin, lui apporta une explication à laquelle il ne crut pas :

– La frangine, enfin la bonne sœur, c'est aussi une femme. Et tu es un gars plutôt beau gosse. Alors, tu comprends pas. Parfois, t'es bouché. Elle était tombée amoureuse de ta pomme. Et chez les filles d'Église, ça marche pas. Avec son bon Dieu, t'avais un sacré rival. Elle l'a choisi…

Ces pensées errantes dans son crâne et qui n'effaçaient pas le bruit resté dans sa tête. Plus tard, il avait appris par des voisins que la sœur visitait qu'elle quittait la France pour une mission dans un lointain pays, Afrique ou Asie, il ne savait plus. Une mission pour soigner, éduquer les enfants. Si longtemps de cela !

Il regarda l'église. De style néogothique dix-neuvième siècle, elle paraissait non pas laide mais anonyme. Une église, un lieu de silence, de paix, même si on n'a pas la foi. Il eut le désir d'y entrer. Puis il vit qu'une dizaine de marches de pierre l'en séparaient. Pour lui, une entrée interdite. Il devait exister une raison à cela, une raison autre que matérielle.

Le véhicule s'éloigna. Il devait rejoindre son vrai sanctuaire : l'atelier, le minuscule logis, les livres, le cuir et son odeur, sa place dans le monde durant tant d'années.

Bientôt Noël. Une fête pour les autres. Pour lui la solitude, une solitude qui ne lui déplaisait pas. L'apprenti avait encore une fois oublié de baisser le rideau de fer. Tant mieux. Un peu de lumière lui ferait du bien.

Ce fut dans sa vie une soirée fort étrange. Le bruit de la foule disparu, il connaissait une sorte de bien-être. Ces chaussures, il s'en occuperait demain. Lire ? Il voulait profiter de la semi-obscurité, la seule clarté venant de la rue à la nuit tombante. Merveilleux fauteuil : il disposait d'un dossier inclinable, d'accoudoirs, d'un repose-tête. Souvent Marc s'y était endormi aussi confortablement que dans un lit.

Les vitres embuées, l'obscurité extérieure, une petite lumière diffuse venant de l'appartement du premier étage en face, là où vivait un couple d'Africains, ce qui lui plaisait (il pensait que s'il ne pouvait visiter le monde, le monde venait à lui) et le bruit évadé de sa tête, le silence enfin, quelle sensation de bien-être !

Il pensa à sa journée, à cette église inaccessible, à son étrange existence de condamné à l'immobilité mais si mobile par l'esprit. Tant de travail manuel, tant d'études, tant de musique, tant de livres. Pour la première fois depuis longtemps, il médita sur lui-même, sur sa place dans le monde. Voilà qu'au bout de sa vie, grâce à un instrument roulant, il se permettait de voyager hors de l'imaginaire, courts voyages certes, mais lui donnant, à chaque randonnée, l'impression d'être l'explorateur de nouveaux univers.

Comme un nomade, il avait su traverser le désert de sa solitude. Et ce goût d'apprendre, de découvrir, était-ce une douce manie, une sorte de contre-poison ? Que cherchait-il ? Il n'aurait su le dire mais ce soir-là, comme s'il était exceptionnel, il alla jusqu'aux confins les plus éloignés de sa pensée.

Incroyant, pourquoi ce désir d'entrer dans une église ? Là venaient les gens les plus divers tandis que d'autres fréquentaient les temples, les mosquées, les synagogues. Pourquoi ? Voulaient-ils recevoir quelque confirmation ? Attendaient-ils un miracle ? Luttaient-ils contre la peur ?

Et s'ils portaient en eux-mêmes quelque chose dont lui, Marc le cordonnier, restait démuni ?

Ces pensées le conduisirent aux frontières du sommeil sans qu'il s'endormît vraiment. La tête tournée vers la vitrine, il tenta de distinguer dans le brouillard une forme floue. Son corps lui sembla léger, sans pesanteur. Était-ce une sonate de Bach qu'il croyait entendre ? Ses pensées se diluaient. Ses mains quittèrent les accoudoirs du fauteuil, se retournèrent, paumes vers le haut comme pour l'acceptation d'une offrande venue d'on ne sait où. Il se sentit libre, l'esprit dégagé de questions devenues mystère.

Il imagina que Paulo, le frère de jadis, se trouvait près de lui, assis sur le tabouret.

Nuit, belle nuit, nuit grise, nocturne où joie et douleur se mêlaient. C'est alors qu'elle sortit des ombres. Derrière la vitrine, comme auréolé par une luminosité lointaine, apparut l'ange, la petite fille d'autrefois au visage si doux, si fragile, de l'émerveillement dans ses grands yeux, de l'affection dans son sourire. Cet être, cette image de l'Être, dans sa grâce et sa pureté effaça tous ses autres souvenirs. Il tenta par toutes les forces qu'il lui restait de retenir l'image qu'effaçaient peu à peu la brume extérieure et la buée intérieure, l'image de beauté, l'image de splendeur, tout ce qui lui restait.

Marc le cordonnier ferma les yeux pour oublier la nuit. Il connut l'apaisement, le silence. Il s'endormit.

À tout jamais.

Ouvrages de
ROBERT SABATIER

Romans

ALAIN ET LE NÈGRE
LE MARCHAND DE SABLE
LE GOÛT DE LA CENDRE
BOULEVARD
CANARD AU SANG
LA SAINTE FARCE
LA MORT DU FIGUIER
DESSIN SUR UN TROTTOIR
LE CHINOIS D'AFRIQUE
LES ANNÉES SECRÈTES DE LA VIE D'UN HOMME
LES ENFANTS DE L'ÉTÉ
LA SOURIS VERTE
LE CYGNE NOIR
LE LIT DE LA MERVEILLE
LE SOURIRE AUX LÈVRES
LE CORDONNIER DE LA RUE TRISTE

Le Roman d'Olivier

DAVID ET OLIVIER
OLIVIER ET SES AMIS
LES ALLUMETTES SUÉDOISES
TROIS SUCETTES À LA MENTHE
LES NOISETTES SAUVAGES
LES FILLETTES CHANTANTES
OLIVIER, 1940
LES TROMPETTES GUERRIÈRES

Poésie

LES FÊTES SOLAIRES
DÉDICACE D'UN NAVIRE
LES POISONS DÉLECTABLES
LES CHÂTEAUX DE MILLIONS D'ANNÉES
ICARE ET AUTRES POÈMES
L'OISEAU DE DEMAIN
LECTURE
ÉCRITURE
LES MASQUES ET LE MIROIR

Varia

LE LIVRE DE LA DÉRAISON SOURIANTE
DIOGÈNE

Essais

L'ÉTAT PRINCIER
DICTIONNAIRE DE LA MORT
HISTOIRE DE LA POÉSIE FRANÇAISE (9 volumes)

Composition IGS-CP
Impression : Imprimerie Floch, avril 2009
Éditions Albin Michel
22, rue Huyghens, 75014 Paris
www.albin-michel.fr

ISBN broché : 978-2-226-19233-2
ISBN luxe : 978-2-226-18434-4
N° d'édition : 25845 – N° d'impression : 73544.
Dépôt légal : mai 2009.
Imprimé en France.

Accident Nocturne – Modiano Robert,
(Tim's other French gp are reading this

Les rues – – –